中国散文 60 强

黄昏过钓台

陆春祥 / 著

北京联合出版公司
Beijing United Publishing Co.,Ltd.

图书在版编目（CIP）数据

黄昏过钓台 / 陆春祥著. -- 北京 ： 北京联合出版
公司，2024. 8. --（中国散文60强）. -- ISBN 978-7
-5596-7809-6

Ⅰ. I267

中国国家版本馆CIP数据核字第20247VB787号

黄昏过钓台

作　　者：陆春祥
出 品 人：赵红仕
出版监制：张晓冬
责任编辑：肖　桓
特约编辑：和庚方　张　颖
封面设计：立丰天

北京联合出版公司出版
（北京市西城区德外大街83号楼9层　100088）
三河市同力彩印有限公司印刷　新华书店经销
字数150千字　650毫米×920毫米　1/16　14印张
2024年8月第1版　2024年8月第1次印刷
ISBN 978-7-5596-7809-6
定价：65.00元

"中国散文 60 强"丛书

编委会

丛书总策划

　张　明　　著名出版人

编委主任

　邱华栋　　全国政协常委

　　　　　　中国作家协会副主席、书记处书记

编　委

　叶　梅　　中国散文学会会长

　陆春祥　　中国散文学会副会长

　冯秋子　　中国作家协会原社联部副主任

　吴佳骏　　《红岩》编辑部主任

　张　英　　资深媒体人

　文　欢　　作家、资深编辑

中华散文的文脉与发展

——"中国散文 60 强"总序

邱华栋

中国是诗的国度，亦是散文的国度。

穿越千年时空，从明清至唐宋，再由魏晋南北朝至两汉先秦一路回溯，汉语言文学中的散文实乃根深叶茂，硕果累累。无论是"唐宋八大家"之雄文美文，还是骈俪多姿的辞赋，以及名垂史册的《史记》《左传》，均为中国文学史上的璀璨明珠。"散文"与"诗"一道，成为中国文学的"嫡系"。尽管，后来从西方引进嫁接技术所催生的"小说"，大有"喧宾夺主"之势，终究还得"认祖归宗"，血脉和基因是无法改变的。

在中国散文流变历程中，曾出现过两次鼎盛期。一次是被文学史家所公认的"先秦散文"时期。其时，伴随着春秋时期的思想解放，诸子蜂起，百家争鸣，一大批散文家以饱满的气血、驳杂的学识和破茧的精神，创造出了散文的繁荣和辉煌局面，对后世产生了极大的影响。

到了"五四"时期，中国散文迎来了第二次鼎盛期。白话文如劲风激浪，吹刮和涤荡着神州大地。沉睡的雄狮醒来了，偃卧的小草开始歌唱。许多学贯中西的进步文人，肩扛文化变革的大纛，冲锋陷阵，掀起了一波又一波的新文学浪潮。《新青年》上刊载的散文，犹如一束束亮光，不但给人以希望，还给人以力量。"五四"以来的散文作品，无论是观念和主题，还是形式和风格，都跟以往的散文迥然不同。最具代表性的，当属鲁迅先生的散文（包括杂文），其刚健、凌厉的文质，疗救了中国散文长久以来颓靡不振、钙质疏流的顽疾。此外，周作人、郁达夫、朱自清、萧红、沈从文等一大批作家的散文创作亦各具特色，呈一时之盛，影响深远。

时代的前行催生了文学的发展，然而文学与时代有时并不同步甚至充满了"张力场"。"五四"的个性解放虽然催生了一批个性鲜明的散文精品，但这样的生态并未持续多久，中国散文的波峰出现了向低谷滑行的趋势。有论者指出，"散文在 50 年代既是对解放区散文文体意识的放大，又是对五四散文文体精神的进一步偏离。这种放大和偏离表现在个体性情的抒发让位于时代共性或者时代精神的谱写，政治标准优先于艺术标准，批判性为歌颂性所取代等诸方面。"（董健、丁帆、王彬彬《中国当代文学史新稿》）1960 年代初，散文创作一度出现了活跃，"专业"从事散文创作的作家群凸显出来，刘白羽、杨朔、秦牧相继登场，迅速成为散文界的三位名家。但他们的作品后人评价褒贬不一，认为其中颂歌式的写法较为单向，这种模式化的写作，不但对散文的建设毫无益处，反而扼杀了散文的个性和神采。

"文革"十年，中国散文更是一片凋零和荒芜，乏善可陈。1970 年代末，一些历经浩劫的作家开始复血，解除思想枷锁，重新拿起笔来写作，中国散文才又凤凰涅槃，焕发生机。加之各种文学刊物纷纷复刊和创刊，以及大量西方文化读物的译介出版，更为这些饥渴、桎梏太久的散文作者提供了登台亮相的舞台和瞭望世界的窗口。

1980 年代初期，伴随改革开放的热潮，思想解放大旗招展，文化随之繁荣，诸多承续"五四"精神的作家以笔为旗，抒发胸中压抑既久之块垒，出现了一批抒情性质浓郁的散文，使得现代散文这块"百花园"芳菲争艳，蔚为大观。特别是 1980 年代中期，随着作家主体意识的不断强化，中国文学开始呈现出一个崭新局面，作家从"集体意识"中抽身而出，重新返回"个体"，注重对生活的体察和内在情感的表达。这一时期，散文的艺术性得以强化，文本的精神内涵和表现空间得以拓展。

进入 1990 年代，社会发展日新月异，城镇化进程锐不可当，文化领域亦呈多元格局。各种文学思潮相互碰撞，人文精神的讨论更是打开了作家们的创作思路。"大散文"概念的提出，引发了散文界对散文的内涵和外延的重新讨论和界定。风靡一时的"文化散文"热，成为文坛上一道靓丽的风景。"新散文""原散文""后散文""在场散文"等散文流派"你方唱罢我登场"，争奇斗艳，各领风骚。

及至二十世纪末，一批深具先锋意识和文体自觉的新锐作家，像一头公牛闯入瓷器店，使散文天地发生了激烈的碰撞和变化，形成一股新的散文潮流，提升了散文的审美品质和精神向度。

纵观 1978 年至 2023 年四十多年来，中华大地在"改开"的黄金时代中，社会生活奔涌激荡，各种思潮风起云涌，散文创作更是云蒸霞蔚、气象万千，涌现了众多成就斐然、风格各异的散文作家和具有思想深度、艺术上乘的散文作品。岁月的流水冲走了枯枝败叶和闲花野草，中流砥柱却巍然屹立。时间留住了新时代的散文经典，经典在时间的长河中绽放光芒。以沙里淘金的经典散文向"改开"的时代致敬，是我们不可推卸的责任和义务。

别看散文的门槛貌似很低，要真正写好，却实属不易。优质散文是有难度的写作，它不但需要作者的智识、胸襟、眼界、修养和气度格局；更需要写作者的态度、立场、慈悲、良知和批判勇气。遗憾的是，散文创作繁荣和光鲜的另一面，却是大量平庸甚至低劣之作的泛滥，不但败坏了读者的胃口，而且造成了物质和精神的极大浪费。散文作家层出不穷，散文作品汗牛充栋，可真正能让人记住的散文佳构却凤毛麟角。

散文要发展，文学要前行。发展和前行就要从平庸的樊篱中突围。在突围的过程中，散文作家不可太"聪明"，不可太世故，要永存对文学的敬畏之心。一言以蔽之，散文的尊严来自散文作家的尊严。也可以说，要想散文繁荣，首先需要有一批人格健全，品德高尚，铁肩担道义的散文作家。什么样的人写什么样的文章。特别是写散文，最容易看出一个作家的内在品质和境界涵养。一个人格不健全的人，哪怕他作文的技法再高妙，也很难写出撼人心魄、抚慰灵魂的散文来。作家精神品质的高低，直接决定其作品的精神向度。

为了散文写作的突围和发展，为了建设独具特质的当代散文，也是为了更好地从经典散文中汲取营养，我认为有必要正视和重申一些常识性的思考。高头讲章的理论是灰色的，常识之树却蓊蔚常青。

一、作家的个体精神决定散文的优劣。常言道，散文易学而难攻。难在什么地方，不是难在技巧，而是难在作家个体精神的淬炼上。倘若作家的个体精神不够丰富，不够深刻，不够清澈，纵使他手里握着一支生花妙笔，也写不出令人称赞的散文。那么，如何才能做到个体精神的丰富性呢，这就要求作家时时刻刻不背离生活，要知人情冷暖，体察人间百态，关心民瘼，有忧患意识，不要做生存的旁观者。一个冷漠甚至冷酷的人，是不适合从事散文创作的。

二、真诚是确保散文品质的基石。散文创作跟作家的生存经验息息相关，可以说，真正优质的散文，无不牵连着作家的血肉和心性。作家的喜怒哀乐，悲欢离合，都或隐或显地暗含在他的作品中。假如在一篇散文作品中，读者既看不到作者的体温，又看不到作者的态度，那这篇作品或许就是失败的。说明这个作者在他的作品中"说谎"或"造假"，缺乏真诚之心。作家一旦失去真诚，为文必定矫揉造作，作品也必定会失去生命力。因此，真诚是散文的"生命线"，也是"底线"。

三、个性是促进散文生长的养料。人无个性便无趣，文无个性便平质。当下，每年都会诞生数以万计的散文篇章，但能够让人记住，且读后还想读的作品并不多，何故？概在于这些数量庞大的散文，无论题材，还是语感都千篇一律，像是从"模具"中生产出来的，缺乏辨识度。散文要发展，必须要求作家具有"个性意识"。"个性意识"不是标新立异，更不是哗众取宠，而是一种"创新意识"和"审美意识"。但凡在散文创作方面被公认的那些大家，都是"文体家"，他们以自觉的写作实践，开创了散文写作的新路径。不合流俗方能独步致远，推动散文的建设和繁荣。

当然，以上几点并非创作散文的圭臬，谁也没有资格去为散文"立法"。

散文是自由的创造，散文精神即自由精神。我之所以提出来，仅仅是希望引起散文同行们的重视和参考，共同为中国当代散文的发展尽力增光。

我们策划、编选"中国散文 60 强"（1978—2023）的初衷，旨在对新时期以来的中国散文创作作出梳理、评价和选择，试图精选出风格各异的代表性散文作家，以每位一部单行本的形式，呈现出中国新时期优质散文的大体样貌。此项目的发起人为资深出版人张明先生。多年来，他一直追求做高品位的纯文学书籍，也曾连续多年与中国散文学会、中国小说学会合作，出版年度《中国散文排行榜》和年度《中国小说排行榜》。2023 年他策划出版了《中国小说100 强》，反响不俗。身处喧嚣、纷杂的环境，能以如此情怀和心力来为文学做如此浩大的工程，不能不令人钦佩！

感谢张明先生邀请我和叶梅、冯秋子、陆春祥、吴佳骏、张英、文欢组成编委会，共同遴选出 60 位作家。我们在召开筹备会的时候，即将作品的思想性、艺术性、代表性以及影响力作为编选的基本原则。在确定入选作家名单时，我们认真商讨，反复研究，生怕因为各自的眼力、审美和趣味之别，造成遗珠之憾。好在我们的工作得到了作家们的积极回应和鼎力支持，惠风和畅，大地丰饶。

60 位入选的作家，既有令人尊敬的文学大家，如孙犁、张中行、汪曾祺、史铁生、邵燕祥、流沙河、刘烨园、宗璞、贾平凹、韩少功、张炜、梁晓声、阿来、冯骥才等。这批散文大家的作品，文风质朴、清朗、刚健，充满了"智性"和"诗性"。无论他们是写怀人之作，还是针砭时弊，歌咏风物，都有着鲜明的文化立场和审美取向。他们或出入历史，借古观今；或提炼人生，洞明世事，输送给读者的都是难能可贵的"精神营养"。

也有被散文界公认的名家，如李敬泽、王充闾、马丽华、周涛、冯秋子、叶梅、筱敏、张锐锋、周晓枫、于坚、鲍尔吉·原野等。这些作家的散文作品，特色鲜明，风格独特，诚挚内敛，从内容到形式，都作出了各自的探索和尝试，为当代散文注入了活力。从他们的作品中，我们不但能够领略汉语之美，更可以借此反观生活与存在，寻找人之为人的价值和尊严。

还有散文界的中坚力量和青年才俊，如彭程、谢宗玉、江子、雷平阳、任林举、塞壬、沈念、傅菲、吴佳骏、周华诚等。从他们的作品中，我们见到的，不只是中国散文的文脉传承，更是自由精神的张扬。他们文心雅正，笔力锋锐，不跟风，不盲从，始终保持着独立的思索和判断，在各自所开辟的散文园地中精耕细作，以崭新的姿态参与和推动当代散文的变革。

其实，细心的读者不难发现，入选本丛书的老、中、青三代作家都有个共性，即他们均在以自己的作品审视心灵，心系苍生，弘扬真善美，鞭挞假恶丑，充满了正义感和人道主义精神。这自然与时下众多书写风花雪月，一己悲欢，充塞小情趣、小可爱的散文区别开来。正是因为有他们的存在，中国当代散文才呈现出一幅绚丽多姿的长卷。

需要说明的是，有些重要的散文家，如张承志、余秋雨、王小波、苇岸、刘亮程、李娟等人，由于版权或其他不可抗原因，未能将他们的作品收录进来，我们深以为憾。

我们还要感谢北京立丰天文化传播有限公司的资金支持，感谢北京联合出版公司的精心编校，他们慷慨和无私的义举，对于繁荣中国当代散文创作、对于赓续中华优秀散文文脉、对于中国新时期的文化积累，均具重大价值和意义，可谓善莫大焉。这套丛书的出版意义将同《中国小说 100 强》一样，旨在给读者以经典的指引，这既是一项重要的原创文学工程，同时也是助力推动全民阅读和研究传播文化的公益工程。

郁郁乎文哉，中国散文有幸！

是为序。

2024 年 5 月 12 日星期日

（作者为全国政协常委，中国作协副主席、书记处书记）

目 录
Contents

第一卷　山河绘

从西岐出发

一

这一日的清晨，有邰氏之女姜嫄，赤着双脚，踩着坚实的步伐出门了，她要去祭祀，走着走着，前方出现了一串巨大脚印，她的双脚自然也踩了上去。当姜嫄的脚拇指踩在那双大脚印上时，一阵热流传遍全身，她怀孕了，生下了后稷，中国的农业之神。

后稷，名弃，被帝尧封为农师，别姓姬氏，他就是周人的祖先。

《诗经·大雅·生民》里，以极其丰富的想象力，叙述了伟大母亲姜嫄的这场造神史诗，"厥初生民，时维姜嫄"（初生周人的祖先，就是那个姜嫄），"履帝武敏歆"（踩着上帝的足迹怀孕）。

后稷生，百物长，民众兴，周原大地，一片欣欣向荣。

岐山人将后稷称为"麦王爷"，感谢他赐予精美的面食。

红油浮面，臊子鲜香，岐山臊子面来了。我们在岐山北郭民俗村的美阳馆吃臊子面，"面白薄筋光，油汪酸辣香"，一碗、两碗、三碗、四碗、五碗，以面为主，加进各种辅料，颜色和味道每一碗都不同，第五碗，必须吃，平安长寿。

二

《诗经·周颂》的第五首是《天作》，只有短短的七句二十七个字，却是最精炼的周朝发展史：

> 天作高山，大王荒之。
> 彼作矣，文王康之。
> 彼徂矣，岐有夷之行。
> 子孙保之！

己亥七月中旬，虽已进入炎夏，但今日气温只有二十一摄氏度，在陕西岐山周原广场，我高声吟咏了数遍《天作》。

上天筑就了一座伟大的岐山，但大山荒凉，是太王精心领导治理，荒山变成了粮仓。百姓们在此安心栖居，文王带领大家走向安康。百姓们纷纷来此定居，通往岐山的道路平平坦坦。周人子孙呀，大家要巩固发展先辈所创的基业，永远保持这种生活！

太王，就是后稷的子孙古公亶父。他是周文王的爷爷，正是古公亶父的英明决策，率领族人在岐山定居，并选择了姬昌继位，才使周朝有了八百年的基业。

看《诗经·大雅·绵》的开头四句：

> 古公亶父，来朝走马；率西水浒，至于岐下。

伟大的古公亶父，从清晨出发，昼夜策马，沿着渭水向西跑，终于来到美丽的岐下周原。岐山，在长安西边，因山有两岐（两峰），故称岐山，岐地也称西岐。

周朝起初的一百余年里，岐山就是中国的名山，西岐，是周的政治经济文化中心，周族由一个地方性部落逐步上升到统治全国的天子地位。

我去京当镇的宫里村，为什么叫宫里？这里就是周朝的宫殿边上嘛，王宫边上的村庄。宫里人笑着介绍：我们这里是周文王的出生地，这是中国胎教开始最早的地方。

胎教？

是的。《列女传》言之凿凿：太任之性，端一诚庄，惟德之行。及其有娠，目不视恶色，耳不听淫声，口不出敖言。……文王生而明圣，太任教之，以一而识百，卒为周宗。

周文王姬昌的娘，叫太任，也就是古公亶父老三季历的媳妇，自开始怀了昌哥，就不看不好的东西，不听不好的声音，不说不该说的话语，总之，她将胎教当作了头等大事。而昌哥自诞生起，就显示了他的不一般，以至于古公亶父，都改变了接班人的秩序，想让孙子姬昌接班。太伯、仲雍，老大和老二，知道了老爹的政治意图后，高风亮节，自动让位，爹爹要先传位老三，老三的儿子才能当王，那么，我们就奔往别处去吧。这个下节我再细说。

岐山祝家庄镇岐阳村，有周三王庙，庙后，周太王陵大碑在雪松林中挺立，此碑为清朝陕西巡抚所立，碑前有香烛痕迹。碑后，有一个约三米高、数十平方的大圆冢。红砖垒围着冢身，有的砖已经有些碎裂，冢顶长着大片茂盛的杂草，茁壮指向蓝天。温亚军说，我们沿冢绕行一圈吧。嗯，一行人默默绕着圈，各自想着心里的事。这冢，里面肯定什么也没有，连衣冠冢也算不上，它只是岐山人的一种念想而已。

不过，绕行一圈，向三千多岁的古公亶父致敬，竟也十分的踏实和虔诚。周的疆域辽阔，公爵侯爵伯爵子爵男爵附庸爵六个爵位，分封出大小国家七十多个，几百个大姓，说不定，这周太王，也是你我的祖先呢！

三

2012年3月15日上午，晴阳高照，周三王庙的广场前，"重走太伯奔吴"活动在这里举行隆重的出征仪式。重走活动的主体人群，来自江苏无锡新吴区梅村街道的吴姓人士，他们来这里是寻祖。当年，太伯、仲雍从岐阳出发，远涉江南，定居梅村，建立了江南第一个文明古国"句吴"。

《宝鸡日报》记者麻雪和我说，她当时正跑文化旅游这条线，整个活动她都参与报道了，麻雪还帮我找出了当年的相关报道。我问她有什么体会，她说，梅村吴姓对太伯的尊敬，是用一系列具体行动来表示的。他们捐资21万元，分别为祝家庄镇、岐阳村设立了"思源"共建基金和太伯教育基金，这些周人后裔，感恩太伯和仲雍，感恩祖地的哺育。

尽管学界对太伯奔吴地有不同的说法，但吴的发展及崛起，诸多权威的史籍，都是有力的事实证明。《史记索隐》《史记正义》《汉书·地理志》《吴越春秋》《括地志》，等皆认同，太伯们奔向的是无锡的梅村。

《史记·吴太伯世家》这样记载：

吴太伯，太伯弟仲雍，皆周太王之子，而王季历之兄也。季历贤，而有圣子昌，太王欲立季历以及昌，于是太伯、仲雍二人乃奔荆蛮，文身断发，示不可用，以避季历。季历果立，是为王季，而昌为文王。太伯之亡荆蛮，自号句吴。荆蛮义之，从而归之千余家，立为吴太伯。

这里除了陈述太伯让位的前因后果外，还有一个重要事实，就是，太伯也是通过他自己的实际行动，比如兴修水利，建立农耕文明等，才赢得了当地老百姓的认同和拥立。

梅村号称江南第一古镇，有太伯庙和墓，都是全国文保单位。数年前，我去无锡就瞻仰过。

柏树青青，人们对太伯的尊敬，三千两百多年来，依然热烈。太伯井的亭子上有一副对联，甚为恰当，"井邑依然旧山水，荆蛮乃是新天地"。对太伯来说，这里有和西岐一样的天空，不一样的民众，这一片新天地，需要精心引领和教化，以使我周的文明广传天下。"至德殿"，"至德高风""至德名邦"碑坊，都将"至德"作为主题，太伯的德行，让人高山仰止。

我看着太伯的雕像，心中感慨良多，我努力想一个问题，太伯的品格是如何铸造成的？古公亶父伟大，周文王伟大，太伯更伟大，"让"不仅仅是一种简单的辞让行为，更是高尚的自觉品德，难怪孔子要赞叹太伯"至德"了。

当年，太伯们从西岐出发，古公亶父一定没有为他举行过隆重仪式，弄不好他们就是悄悄地走，走吧走吧，好让老三安心当王，姬昌安心当王。这一伟大决定，周的文明种子也同时播撒到了吴地。

以前我教书的毕浦中学，边上有个村叫吴家坎，属于至南乡（后改瑶琳镇），我教的学生中，有数位都来自这个村。有一段时间，我一直沉浸在我的陆姓宗谱研究里，翻姚朝其先生的《桐分谍谱》一书，偶然读到《桐江至德吴氏宗谱》一节，吴家坎的吴姓先人，就是自元代从无锡梅村迁过来的。二十世纪五十年代以前，至南乡也叫至德乡。为什么叫"至德"，是不是吴姓人带过来的"至德"，我没有研究考证过，如果是，则十有八九和太伯有关，对祖宗的尊敬嘛。

文化的传播，就这么神奇，如顽强的藤蔓，生生不息，连结着你我。

四

西安市长安区沣河西岸的马王村，有个著名的 H18 考古灰坑，吴克敬带我去那寻丰镐遗址。

克敬兄的老家在扶风县，也属同一片周原，他从小就沐浴在周风之下，他发现的青铜器，博物馆里都放了好几个，他对这一片土地，如数家珍。

丰镐城，是周人自西岐之后建设的第二个都城。古公亶父迁岐后，精心建设，西岐崛起，历经三代。到周文王时，已经积聚起了相当强的力量，他们不断征伐周边小国，扩大自己的领土。我们看《封神演义》就会发现，这个时候，周，其实已经开始了灭商的准备，只是暗暗积蓄力量。纣王将姬昌拘起来，不是一点没有道理的，他心里也有点惧怕。

《史记·周本纪》这样形容文王的勤奋和仁德：

西伯曰文王，遵后稷、公刘之业，则古公、公季之法，笃仁，敬老，慈少，礼下贤者，日中不暇食以待士，士以此多归之。

这里有一个细节，姬昌对贤能的人以礼相待，每天接待他们，到中午还来不及吃饭，很多士人因此来归顺他。

西伯暗中做好事，诸侯之间有矛盾都来请他裁决。一个有趣的故事这样说，当时虞国芮国有人发生纠纷无法解决，他们就来到周国，当他们进入周国境内的时候，看到耕种的人彼此谦让田界，民间都把谦让长者当成风俗。虞国芮国的人还没见到西伯，就已经觉得惭愧，相互说：我们所争执的，正是周人所鄙视的，我们还去干什么呢？

文王被崇侯虎陷害，纣王将他关在羑里，他写出了著名的《周易》。

文王末年，周人开始将都城从西岐向东迁至沣河西岸的丰，就是丰京，以尽可能地和商面对面。而到武王时，又在沣河的东岸建设了一座新城，史称镐京。两京只是一河之隔，而且，武王虽居镐，祭祀什么的常常要回丰和西岐，西周诸王，常常在丰镐、西岐之间来回。

克敬和我说，丰镐的具体位置，虽多方考古发掘，但到目前并没有确定，只知道在沣河两岸，八九不离十。H18 灰坑，就是一个很好的例证，这一地带，应该就是周王城。

远处，一座大桥将沣河的两岸连起。沣河边长着茂盛的水草，沣河并不宽，也就两百来米，或许，三千年前，这里是汤汤大河，河水清澈，两岸田地肥沃。它们为周王朝的进一步发展，消灭殷商，提供了强大的支撑。

2015 年的春月，细雨霏霏，我去奉化溪口的蒋氏故居，那里的丰镐房，也算是对周的一种文化承继。先前，溪口人的传统习俗是，要替自己的祖房取一个古典雅致的名字，蒋介石父辈三兄弟，他们的祖房分别叫夏房、商房、周房。蒋介石九岁时父亲去世，第二年，根据众长辈建议，他也要为自己的祖房取一个名，他们家已经是"周"了，那么，周的丰镐两京成为蒋和弟弟的祖房名也就是自然而然的事。蒋弟早死，由他兼祧承袭，丰镐房就是这么来的。丰镐房里有许多故事，1939 年 12 月 12 日，日本飞机轰炸丰镐房，毛福梅倒在了后门，蒋经国为母亲发下血誓"血债血还"。

丰镐，中国历史里程碑上的坚硬基石。

五

姬昌生了个好儿子啊！

姬发（武王）刚上任三天，立即召集下属开会。他问大家：有没有保存下来的，可以永远指导我们周朝子孙后代的古代规约和行动方法呢？大家都摇摇头，说没见过，也没听说过有这样的东西。

姬发于是很郁闷。这时有人出主意了，我们把姜太公找来问问吧，他老人家懂得多。姜尚一来，姬发就很谦虚地问：您老人家看见过黄帝、颛顼的治国方法吗？太公说，我在《丹书》上好像看到过。大王如果想听，请您斋戒三天。姬发太高兴了，果真有高人呢。他立即斋戒。

三天后，姜太公很庄重地给姬发讲起了先王的治国之道。这些治国方法，大概可以分成两个层次。第一层意思是说：干什么事情都要认真努力，绝不能懈怠，努力超过懈怠，就会吉祥，永世长存；懈怠超过努力，就会偏差，就会歪门邪道，最终灭亡。第二层意思是讲：对天下百姓要怀有仁义之心，绝不能有过多的欲望，仁义超过欲望，顺利；欲望超过仁义，凶险。总的来讲，靠仁义得到国家，用仁义保护国家，就会有百世不变的江山；靠不仁得到国家，用仁义保护国家，就会有十世江山；靠不仁得到国家，用不仁不义去保护，祸害马上就来了。大王您说的古代流传下来的规约，大概就是这些吧。我记得不完全，也就知道这么多了。

姬发听完姜太公的话，真是如遭雷击，醍醐灌顶，胆战心惊。散会后，感慨万千，思如潮涌，马上书就《戒书》若干。这些座右铭一共十七条，贴满了他的办公室及卧室及随时能看到的地方，日日提醒，时时警惕。

首先是他办公室的四周。左前方的铭为：处在安乐之中也一定要谨慎勤勉！右前方的铭是：没有让人后悔的行为！左后方的铭这样激励：时时记住自己的错误行为！右后方的铭则更具深义：一定要高瞻远瞩，不能只顾眼前！桌子上的铭文很实在：少说话，多干事，言多必失！

然后是他住所的角角落落。门口柱子上的铭文这样贴着：不要认为自己不残忍，那会导致残忍的发生；不要认为自己不会危害国家，那会导致大祸；不要认为自己没做伤害人的事情，那会对人有大伤害。门框上的铭文则如此告诫自己：人的美名积累需要一辈子时间，而失去美名却只要一件小事；一个人如果没有志气和勤劳，能说他聪明吗？一个人不经常反思自我，能说他自省吗？风吹来的时候，一定会使树摇摆，即使圣人，也要防止风吹树般的干扰。窗子上也不能空着，正好睡前可以提醒：一定要遵从天时，一定要利用地利！

连他卧室里也都贴了不少。早上起床就要用的盥盆上这样刻着：与其被人所溺（陷害），还不如溺于深渊，溺于深渊，还有机会游出来，被人所溺，那就没得救了！每天要照的镜子前这样写着：事前有所预见，事后有所思考！

姬发认为，这样日日戒勉自己还不够，还要时时。于是，他在帽子的飘带上这样写：火灭后一定要检查一下盛水的容器，常常谨慎提防，才会平安，平安才会长寿！他甚至在鞋子上也写着铭文：不能贪食，不能多喝酒，能逃则逃，如果过分了，一定要自我惩罚！周朝的君臣关系估计是相当的融洽，下属都敢灌他的酒呢。

姬发文武双全，他当然还要带兵呢。于是，在剑上也刻有铭文：带上它的时候，行动一定要合乎道德，合乎道德就会兴旺，违背道德就会崩溃！纣，你如此无道，就不要怪我不客气了！拉弓的时候也能看到铭文：人要能屈能伸，不要忘记自我反思！如果战斗，矛一伸出，照样有格言勉励：如有瞬息的不能容忍，就会终身铸成大错。

当然，姬发知道，国家的兴旺发达，必须要有健康的体魄，否则一切等于零！于是每天锻炼身体不离手的手杖上写着：什么时候最危险？挫折而愤怒时。什么时候会失去常道？贪图物欲时。什么时候会记性不好？富贵最容易相忘！每天，固定的小道上，拐棍笃笃响，戒条心中扬！

姬发把他一个人听到的，活化成十七条座右铭，既警醒自己，又告诫后世子孙！他所向披靡，讨伐了99个国家，共有652个国家向周臣服！你能说他的成功和十七条自戒没有关系？

谢谢刘向、黄庭坚和洪迈先生向布衣我提供素材。

做好了充足的准备，接下来，姬发要全力克商了。

这场著名的战争，是周王朝精心策划和长时间预谋的。而商纣王竟也十分"配合"：滥施酷刑，诛杀无辜，堵塞言路，宠妲己，亲佞臣，杀比干，朝野上下人人自危，离心离德。三百辆战车，三千勇士，甲士四万五千，姬发带着他的精锐，一路杀向朝歌城，重要的是，朝歌城郊的牧野，已经有许多国家的盟军前来帮忙。此前的孟津实地军事演习，就有八百多个诸侯小国前去参盟，这么多小国都不能忍受商王了，可见纣这个带头大哥做得有多么失败。周联军会师牧野，朝歌被围。商纣王这次慌了，极度慌乱，拼凑起的十七万人马，号称七十万，亲自指挥，到牧野迎战。

这其实是中国历史上规模空前的大兵团作战了。姬发左手拿着黄色的钺，右手举着用白色旄牛尾做成的装饰旗，发表了激动人心的长篇誓师宣言，他鼓动将士，他痛斥殷纣，无论从气势、实力、民心等角度，商纣王都是不堪一击。穿上他的宝玉衣，自焚于鹿台，也许是他最好的结局，他可以乘着浓浓的烟雾，找他梦寐以求的仙人去了。

我在宝鸡的中国青铜器博物馆里，看着这个"武王征商簋"，万分感慨。深腹，方座，双耳有珥，上饰兽面纹和夔纹，方座平面四角饰蝉纹，器底有铭文四行，三十二字。这簋，静静地伫立着，似乎是在诉说这场著名的战争。看三十二字：

> 珷征商，惟甲子朝，岁，鼎克昏，夙有商。辛未，王在阑师，易右事利金，用作檀公宝尊彝。

著名的古文字学家唐兰等人这样解释：周武王出兵讨伐商纣王，甲子那天的早上夺得了鼎，打胜了昏（指商纣），推翻了商王朝。第八天辛未，武王在阑师，把铜器赏给了有司利，有司利用来做檀公的宝器。

我读过岳南先生的《夏商周断代工程解密记》，里面详细记载了中国几百位研究专家，为夏商周数个年代的廓清而夜以继日，而这项国家工程的九项重点中，其中一项就是武王克商的时间。武王克商，历史上共有44种说法，从公元前1130年到公元前1018年，前后竟然相差112年。专家们反复考证推算研究，最后确定为公元前1046年，也就是说，这一年的甲子日，1月20日，武王姬发，带着强大的周朝联军，打败了商纣王。

武王克商，这一时间节点非常重要，此后，盘庚迁殷就被定为公元前1300年，殷商开国为公元前1600年，在此前的夏王朝，开始在公元前的2070年。

历史的交界处，总是那么的刀光剑影，此起彼伏的鼓噪和呐喊，仿佛眼前。

六

陈建斌身着汉服，站在新落成的铜雀台前，气势满怀。他挥舞着右臂，嘴里大声地吟诵着：周公吐哺，天下归心！新版《三国》让这个时候的曹操，意志全满，心情好到极点：我就是周公啊！事业如日中天，都是我英明决策，重视人才的结果啊！

曹操的榜样周公，确实是重视人才的典型，也是所有执政者学习的榜样。他为了招揽天下贤能之士，接待求见之人，一次沐浴要多次握着头发，一餐饭要多次吐出口中食物来，这是什么样的精神？这就是求贤若渴的精神嘛！真的是求贤，而不像叶公那么好龙。人家不远百里千里甚至万里来投奔你，你难道不能中断了洗澡，中止了吃饭，出来接待一下吗？洗澡什么时候不行啊，吃饭停止一下就会饿着啊，这不就是一种体现嘛！人才们要的也就是这个体现！

曹操学周公还是有些成就的。你看看，刘备被吕布打败，前来投奔他，他待以上宾之礼，并让刘备做了豫州牧。有人对他说："备有英雄之志，今不早图，后必为患。"他于是征求郭嘉的意见，郭嘉说：你是以正义而起兵的，为百姓谋幸福，你还打着广招天下俊杰的旗号，刘备早就有英雄的名气了，他今天是因为困难才投奔我们的，如果你把他除掉，你就会背上罪名骂名，天下的人才就会产生疑问，也就不会有人投奔你了，那你还想成就大业吗？曹操认为郭的话很有道理，不仅不杀刘备，还给他一些人马和粮食，让他去招些人马来对付吕布。

再看看曹操对待关羽的一系列细节，我们就知道他还真不简单呢，难怪他那么自豪地以周公作比。

周公对待人才，是不是也有学习的榜样呢？

有的，有一个故事叫"一馈十起"，就是说吃一顿饭要站起来十次。这说的是谁呢？说是禹从舜手里接过江山后，克勤克俭，任劳任怨，事务极为繁忙，吃一次饭，要站起来十次，干什么呢？接待那些来访的人。

重视人才真的要如此吐哺吗？那倒不一定，吐哺可以看作是一种姿态。

我从岐山周公庙风景区的"凤鸣岐山"高岗上下来，下山途中，有细雨滴在脸上，后山突然升起一团浓云。那云浓得非常特别，似乎如核弹引爆时的那种浓，我们都惊奇地用周公祥云来形容它。现在，我就坐在半山腰上的吐哺亭休息。在吐哺亭思周公吐哺，极好的情景配合。

周公姬旦，文王姬昌之子，武王姬发的四弟，因他的封地在岐，故称周公。《尚书大传》这样记载周公的功绩：

> 周公摄政，一年救乱，二年克殷，三年践奄，四年建侯卫，五年营成周，六年制礼作乐，七年致政成王。

武王去世，年少的成王接位，给年轻的周王朝留下了一个巨大的隐忧，天下甫定，其实不安定的因素极多，幸好有成王的叔叔周公摄政。为了不断殷的香火，纣王的儿子武庚仍旧被分封到殷的旧都，但武王派了两个弟弟管叔、蔡叔去监管。武王的这种决定，我在各类史籍中读到很多，灭了一个国家，但人家的香火还得要人祭祀，这算是一种礼节，也算英雄相惜。陈胜造反起义称王六个月被杀，汉高祖建国后依然派三十户人守卫陈胜的墓，祭祀他；崇祯吊死在煤山，多尔衮依然以帝王的礼节安葬他。

问题还是来了。周公尽心尽力，政绩突出，大赢民心，但同为兄弟的管叔、蔡叔，却很不服气，到处造谣生事，甚至联合武庚叛乱。

周公于是东征平叛，这一仗，一打就是三年啊，武庚、管叔被杀，蔡叔流放，取得了彻底的胜利。不过呢，成王还是年轻，他并没有完全觉悟过来，心里还打着小九九呢，这周叔，是不是想自己掌权呢？他没有想到的是，在一场祭祀时，他发现了一份周公以前写的祷告书，内容大致这样：武王得大病，我周公诚恳地向历代祖先祷告，愿意用我自己的生命代替武王。这个时候，年轻的成王才幡然醒悟：快快迎接周叔回朝，我要向他检讨，我要将周公的赤胆忠心告知天下，永远传扬他的美德。

周公的美德一传就是几千年，几乎所有的当政者都喜欢他。

我不是当政者，但我超级喜欢他。我喜欢他的无私，大度，为国家鞠躬尽瘁。还有一点，我喜欢孔仲尼，而周公，是孔仲尼的超级偶像，偶像的偶像，偶像平方。

孔子常要梦见偶像，因为他要继承偶像拟定的各种礼制。

在孔子的《论语》课堂里，礼是一个不断被强调的字眼。对孔子来说，不合理的，绝对不做，不仅自己不做，其他人也要遵守礼。国家也如此，如果人人遵礼讲礼，这个社会还会乱吗？社会动荡的根本原因，就是失礼。

孔老师，还有比学习更重要的事情吗？

孔老师捋着胡须，笑笑说：傻孩子，自然有了。

要孝顺父母，要尊敬兄长，行为要谨慎，不说谎话，关心别人，亲近有善行的人，这一些，都是礼，比读书重要！

孔老师讲完这几条，和蔼地看着问他的门生：这几条做好，行有余力，则以学文。读书学习，分分钟的容易，最重要的是做人。

嗯，《大学》开宗明义就讲了大学之道：在明明德，在亲民，在止于至善。国家的高级学校中，培养什么样的人才呢？彰显人的品格，要亲近老百姓，培养完善的人格。还是礼。

天地间，长袍孔子，右手放后，左手指着天空，向他的五位学生说孝："夫孝，德之本也，教之所由生也。"京当镇的小强村村口，这组栩栩如生的雕像，为这个传承周礼文化的美丽乡村定下了孝爱基调。

我去小强村感受体验孝文化，我想知道，周礼，在周公的西岐，传承得有多深多广。刚刚孔子授孝的那个场景，使我仿佛走进了周朝的礼学课堂。

村史馆里，"周公授礼"雕像场景感极强，周公悉心教授的周礼，也就是孔子向学生传授的周礼，各种展陈，有秦汉瓦当，有周礼传承之谱系图，有《大雅》《小雅》《春秋》《尚书》《礼记》《二程遗书》等古旧版本典籍。村广场，大型中华孝文化雕像群醒目，村民们平时就在这孝墙前集会。立德、尚德、遵德、载德、润德、弘德，是的，德行才是孝道的根本，一切教化，都是从孝道的基础上产生出来的。

塔柏、百日红、女贞、红叶李、碧桃，小强村村道两旁花树葱茏，不同颜色的紫薇花特别奔放，一株粉红色紫薇，似乎要将整个季节占领。

周公吐哺，天下归心。周公可以延伸到所有皇粮国税享受者，两者其实是因果关系。如果我们仅仅把它当作典故去传说，而不去关注其中的因果，那真是太遗憾了！

带着另一种崇敬，我去看召公。

七

周公殿的左边，是召公殿。殿前"甘棠重荫"大碑高立，召公在殿中端坐着，"甘棠遗爱"大匾熠熠生辉，殿前空地上，一棵茂密的甘棠树，上面结满了果子。

甘棠又叫"棠棣"，当地人也称"土梨"，多野生，它们喜欢生长在阴坡处低洼处，成熟后的甘棠果，只有沙果那么大，酥而甜，开胃止泻。

《封神演义》中，周文王有九十九个儿子，路上捡了一个，凑足一百。现实中的姬昌，虽没有一百个儿子，有多个却是无疑的。除了继承者武王、杰出辅政者周公，还有召公姬奭（shì），他是文王的庶子。

召公后封于燕，是燕国的祖先，他一生辅助文武成康四代，主管教化与司法，为官清正廉洁，惠政爱民。传说他曾多次在一棵甘棠树下处理民间事务，后人恩其德，故爱其树。

《诗经·召南·甘棠》，反复吟咏"蔽芾甘棠"（这一棵浓荫密布的甘棠树呀），告诫人们不要去剪它、砍它、扳弯它、攀折它，因为召公曾在树下的草棚里为我们分忧解难，召公也曾在树下休息过，反正，我们要保护好它，让它万古长青。

岐山县文化和旅游局局长杨慧敏先生，曾做过周公庙管理处主任，平时专研周秦文化，他和我们分享了《诗经》中那棵甘棠树的故事。

召公的封地在召，召在岐山之南。那棵甘棠树，就在今天的岐山刘家原村，郦道元《水经注·渭水》称它为召亭，一直到清道光、光绪年间，这棵甘棠树依然茂盛。

清道光二十三年（公元 1843 年），安徽宣城人李文翰任岐山知县，第二年春，他带着一帮人去召亭看周代的那棵古甘棠树。浓荫密布，白花如雪，清香从远处袭来，三千年的古树，依然勃发青春。李知县心旷神怡，文思画思泉涌，他立即创作了一幅《甘棠图》，并题跋一则。跋曰：该甘棠"正及花时，腰围七尺，高约六丈余。老干横斜，着花繁茂，瓣五出如梅，白而小，如雪之糁树，而枝叶尽为所掩。里人并能名之，谓即《诗》所咏召伯蔽芾之甘棠也。夫由周以来，积三千余载，虽金石之物，莫不剥烂，而一树犹无恙，然耶？否耶？然召亭固即召伯旧治，其树亦特异，非凡木可比"。

第二年，岐山人武澄慕名将《甘棠图》与跋文一起，刻在了石碑上。杨慧敏指着召公殿前的那块碑说：这块是仿制品，原碑放在刘家原的召公祠。

都说树有灵，能预示王朝的兴衰。我写过孔庙的那棵著名桧树，那树死了又活了，活了又死，又活，至今还好好的生长着。

1910 年，清王朝灭亡前夜，一阵狂风将召公甘棠刮倒，当地民众立即报告县衙。县令跑来现场，动员数百民众，将甘棠扶起，并筑起一个土台子保护。不过，此后，甘棠似乎受了重创，气息奄奄，不再葱郁。

1936 年，召伯甘棠再遭狂风袭击，倒地并折断。当时的县长组织人员，将树体主干抬入殿内保护。第二年三月，国民党第七十八师司令部参谋李经天，往召公殿参拜，见到了遭毁的甘棠古树，立即写信给主管此事的国家考试院院长戴季陶，请求派人拨款专项保护。

1937 年的春天，在召公甘棠的侧根上，竟然长出一棵小小的甘棠树。呵，要见证一棵树的真正死亡，并不是一件容易的事。

杨慧敏指着眼前这棵甘棠树，笑着说：这甘棠，也算是古甘棠的化身吧，甘棠已经成为一种符号，它是我们召公故里人民对召公的一种精神依赖。

只要为百姓，为政者的善行和功绩，总是会被他们记着，世代不忘。

我仔细打量，甘棠果子泛着青色，还没有成熟，再过些时日，应该就可以尝到甘棠的滋味了。

甘棠遗爱，爱给所有人。

姜嫄、后稷、古公亶父、太伯、仲雍、文王、武王、周公、召公、《周易》《诗经》，在西岐，我和他们（它们）一一相遇，每一个名字，都厚重如山，都是一部大书，千年经典。他们不仅是周朝历史和文化的重要符号，也是中华民族和文化的重要符号。

从西岐出发，抵达每一个蛮荒角落。

长安水边

一

唐天宝十二年（公元 753 年）春，长安曲江池边，杜甫看着杨氏兄妹豪华出游的场面，喷薄而出《丽人行》。他深邃而尖锐的眼光，似乎早就看到了杨氏们盛荣而极衰的结果。而中年杜这一叹息，使得"三月三"这一天也成为中国人看美女的著名日子：三月三日天气新，长安水边多丽人。

长安乃十三朝王城，地处渭河平原核心，颇似江南，到处是水，那方圆四十里的昆明池，刘彻的大型水军训练基地，虽吼音嘹亮，也有桨声灯影，还有曲江池、浐河、灞河、太平河、大环河等，皆清流汤汤，八水绕长安。

玄奘。空海。寒窑。汉瓦。

己亥春日，我在长安水边，捡拾千年故事碎片。

二

唐大慈恩寺遗址公园，晴阳透过树叶，斑驳陆离，我在四人雕塑前伫立。

这是一个勘察现场：玄奘的左边，小和尚右手捧着几卷图纸，左手牵着一条宽绳，绳的另一头，一位建筑师正双手捏着，低头看脚下。玄奘的右边，一位官员，作捋须思考状，而玄奘，则右手指着脚下的土地，专心致志地说着什么。

是的，玄奘在做他人生经历中的另一件大事，他要造佛塔。

杜诗人的《丽人行》向前闪回一百年，公元652年。

经皇帝恩准，玄奘要在这里——慈恩寺，造一座塔，从印度带回来657部佛经，这些写在贝叶上的梵文经，珍贵异常，还有大量的佛舍利，还有八尊金银佛像，许多重要的东西都要安放，另外，翻译经书，也需要专用场所。慈恩寺，太子李治为纪念他的母亲文德皇后而建，北望大明宫，南对曲江、秦岭诸峰，渭河像丝带一样环绕着。在皇家寺院建佛塔，众人敬仰，佛法也会得到最大程度上的尊重和推广。

玄奘和他的团队，花了不到一年时间，就建成了慈恩寺塔，因塔仿印度雁塔，也称大雁塔。最初的大雁塔，只有五层，六十米高，外砖，内里用土夯成，每一层都安放着不少佛经和舍利子。增高，加固，唐宋几代多次修建。

明万历三十二年（公元1604年），大雁塔第五次重修，这也是历史上最大规模的修建。整个土塔，被外砖严实包裹，加上去的砖身有六十厘米厚，唐代的土塔被紧紧地夹在了里层，砖和土融为了坚实的一体。大雁塔历经沧桑岁月，独特的风景依旧。

看大雁塔，玄奘是中心。

我们一直沉浸在玄奘人生最重要的大事情中，那些经书，是他饱尝八十一难（其实远远不止）后对他真诚的回报。《西游记》里的唐僧师徒，只不过是几个世俗化了的文学形象，公众以为，孙悟空能抵挡任何妖魔鬼怪，唐僧有了这样的大徒弟，万事大吉，事实上，真正的玄奘，取经路上，只有他一人。

光明堂和般若堂，整个大厅的左中右壁上，全都记叙着玄奘取经前后的故事。左右两壁，是铜雕，人物动物线条简洁流畅，情节曲折生动；中间长壁是木雕，精工细作，场面宏大，人物众多，却完全不见刀痕斧凿。

我知道，豪华盛大的场面，只是成功了的赞美，线条的背后，却是玄奘用生命付出的诸多艰辛。玄奘西行，并没有得到政府的同意和资助，差不多等同于现在的偷渡，而他西行的目标坚定，雪山和峻岭，狂风和沙漠，饥寒和疾病，一切凶险，甚至死亡，都不能阻止他。沙漠数日，炎炎烈阳，缺水断粮，濒死的状态，都被他的强力信念战胜。他排除万难，终于到达印度佛教最高学府那烂陀寺，向著名的佛学专家学习，取得真经。玄奘的聪慧和坚毅，仅五年，就以优异成绩显名。然后，他用四年时间在印度各地游学，声誉日起。再然后，又到最高学院教学讲经若干年。看，擂台摆出，大辩经场面，学问和口才的集中显示，三个月，数万人，没有一个人辩得过玄奘。

十七年后，唐贞观十九年（公元645年），玄奘满载而归，《玄奘回长安图》，记载了这样的盛事：正月二十五，玄奘回长安，"道俗奔仰，倾都罢市"，长安城一片忙乱，人们奔走相告，生意都不做了，老百姓都跑来迎接他，甚至连李世民也来了，因为玄奘带回了许多的宝贝：大小乘佛经520筴、657部，以及上万颗舍利子和大量的其他书籍、佛像。

有了慈恩寺的大雁塔，玄奘可以专心译经了。他是不会为功名利禄打动的，李世民三次要他还俗做官，做什么军事顾问。你看，他的《大唐西域记》记得多仔细啊，他到过一百一十个国家，风土人情、山川地理、物产气候、军事政治，唐太宗以为，这样的人做军事顾问，去征服西域诸国，实在是不可多得的人才。而玄奘的心，只在他钟情的事业上。

翻译是再创作，真实、准确、好看，信达雅为高标准。慈恩寺的译经院，终日灯火通明，繁忙却安静有序。各地名僧二十多人，在玄奘的统筹下，分别担任检查译义、润饰文句、词语推敲、记录抄写。玄奘带领人先后译出大小乘经、律、论73部、1335卷，译文质量极高，在中国翻译史上开创了新的里程碑。另外，他还将《老子》等译为梵文，传到印度，道教佛教，互通有无。

我们在大雁塔的内心里攀登。

一层、二层，我看到了贝叶经的复制品。彼时，印度的人造纸张极稀少，贝多罗树叶，经过处理，是极好的书写经文材料，《大唐西域记》卷十一如此记载玄奘的所见："城北不远有多罗树林，周三十余里，其叶长广，其色光润，诸国书写莫不采用。"两张贝叶经，卷放在两个长形的玻璃罩中，上面的梵文模糊可见。贝叶经已经有两千五百多年的历史，据资料，世界上现存贝叶经总量不过千部，而我国的西藏占到六至八成。我在西双版纳看到过贝叶棕，有人说那就是贝多罗树叶，极像棕榈树叶，叶呈扇状散开，叶面平滑坚实。

继续登塔，三层、四层、五层，这里要停一下，原来，玄奘造的塔只有五层呢。我极力想分辨出土塔和砖塔，却根本辨不出，它们已经紧紧连体。东西南北，四个窗口，都是望西安的好角度。这一条朱雀大街，五公里长，一百零五米宽，它是古长安城里最繁忙的大街，那影影绰绰的屋和树和车，都幻化成遣唐使们流动的车马。马驼嘶鸣，万邦来朝，大唐盛事，气象万千。

再往上，六层、七层，终于登顶。整个西安城，尽收眼底，大雁塔北广场，数万平方的喷泉水面，映着大片蓝天，晶莹莹闪着光。小寨商圈，华侨城，电视塔，笔直的宽道伸向远方的秦岭。

在我心里，玄奘不单单是一个成功的高德大僧，他还是伟大的哲学家、文学家，他留给我们诸多的精神启示，为了自己的信仰，纵然千难万险，也要百折不挠，直至生命终结。

忽然，有人喊，天空中有云彩像雁在飞翔呢！哈，真是，蓝天上，两抹大长条白云，左右分开，恰似大雁展翅，居然还有雁头，正奋力伸展！

三

玄奘西行，创造了文化交流的千古神话，也使佛教在大唐的发展塑起了新的里程碑，遣唐使们有许多是来取经的。

一百五十年后，唐贞元二十年（公元 804 年），东瀛日本国赞岐多度郡（今香川县善通寺市）人空海，从难波（今日本大阪）出发，不畏艰险，来到大唐长安青龙寺学法。

我坐飞机，从杭州到东京，两个多小时就到了。而数千年前，茫茫大海，需要坚强的意志和漫长的航行，并不那么坚固的舟船，很难抵挡狂风巨浪。空海原来叫真鱼，自幼学习中国儒家经典，博览群书，青年潜心于佛教文化的探索与学习，后来出家。空海三十一岁入唐求法，海上漂流三十四天，才在福建长溪赤岸登陆，然后，经杭州、洛阳，一路辗转到了长安。其间经历的危险，空海没有畏惧，他心里时刻以鉴真大师为榜样，鉴真传法的精神一直鼓励着他。鉴真曾六次东渡，前五次都以失败告终，第五次更为悲壮，六十岁的鉴真，从扬州出发，结果一路漂到海南岛，吃生米，饮海水，归途中，又因长途跋涉，过度操劳，不幸身染重病，双目失明。然而，鉴真依旧没有放弃。第六次东渡，又历经曲折，苍天终于没负鉴真。鉴真大师，在日本影响巨大。空海心里，有一个早已埋下的愿望，一定要去大唐探源，如玄奘一样取得真经。

青龙寺遗址博物馆的资深研究专家魏燕，从一片废墟开始，就在这里工作。三十多年来，她熟悉这里的一草一木。她为我们介绍空海。

其实，魏燕刚刚介绍空海一行坐船漂流到福建沿海登岸的时候，我脑子里立即就浮现起了我《太平里的广记》中的一则笔记，那是宋代作家周辉《清波杂志》卷四里的一节，小标题叫《倭国》：

> 我（作者周辉）在泰州的时候，正好碰上一只日本船漂到那里，船上有二三十人，他们借住在州政府招待所。有人问日本的风俗，他们的回答，都听不懂。旁边有个翻译，是宁波人，通过翻译，我们知道，日本人生病，不用医药，只将病人全身裸露，放到水边上，用水全身浇淋，再面向四方，请求神保佑，病就会好。还说，日本的妇女，都披头散发，遇见中国人到达他们的国家，就选择长相端正的，请求和他们睡觉，这叫"度种"。翻译还讲了许多，我们都听不懂。后来，朝廷下令，让日本船从泰州码头，一直开到宁波，趁顺风回日本。

看来，无论什么时候，中日两国的民间交流还是很频繁的。

回到空海。魏燕说，有一天，青龙寺的惠果大师，一直在闭关，谁也不见，而至傍晚时刻，惠果忽然让人敞开大门，说有人要来。这是空海第一次来青龙寺。空海还在寻找惠果的时候，惠果就大声地对来人说：你怎么才来呀，我等你好久了。他们就像老朋友，一见如故，相谈甚契。惠果亲自为空海灌顶，并将两部大法及诸尊瑜珈全部传授给空海，授他遍照金刚密号。而空海呢，抓住一切时间和机会，向惠果认真学习密宗，并广交朋友，遍访名胜，尽力搜求密宗经文和图像，尽得密宗真传。两年后，惠果圆寂，空海为惠果送葬后，踏上了归国的行程。

空海带回日本 216 部、461 卷经论，还有佛教各种图像。他在京都西郊立坛授法，成为日本真言密宗的祖师。空海还建学校，不分贵贱，开启平民教育先河，兴修水利，良田旱涝保收，著书立说，传播唐朝文化。魏燕说，有人将空海比喻为日本的孔子。嗯，空海在日本是个家喻户晓的文化名人。

我们在"五笔和尚的故事"图板前站立。

空海精通中国书法，草、行、隶、篆、楷，均有造诣。传说，唐顺宗时，空海曾被邀请到长安宫墙补王羲之真迹的脱落字，他大显身手，口、双手、双脚，同时持笔书写，被赞为"五笔和尚"。果然名不虚传，空海回日本后，与日本的书法名家嵯峨天皇、橘逸势，一同被称为"平安三笔"。

空海回国，收到一首署名鸿渐的送别诗《奉送日本国使空海上人橘秀才朝后却还》。诗作者也是僧人，很有可能就是陆羽，诗歌这样写道：

禅居一海间，乡路祖州东。到国宣周礼，朝天得僧风。
山冥鱼梵远，日正蜃楼空。人至非徐福，何由寄信通。

诗是在越州写的，其时，两位僧人应该都在越州游览。明白通俗，情谊淡淡，却真诚。您在咱大唐学到了不少，回国后一定会大显身手，不过，此去经年，我们什么时候才能见面呢？

魏燕带我们来到"空海纪念碑"前，她说，这是青龙寺最早设立的纪念碑。碑底有一圈座基，两层环檐，十米左右高，简洁干净。碑顶有五个几何形状的图形，魏燕解释，那表示"空风水火地"，佛教的五轮。

青龙寺地处乐游原，就是李商隐著名的"向晚意不适，驱车登古原"的原。原并不是高原，只是略高一点而已，它坐落在长安城东南部的新昌坊。1986年，日本佛教协会，赠给青龙寺千余株樱花。魏燕有点抱歉：你们要是早一个月来就好了，青龙寺里，满寺都是漂亮的樱花。

有人笑答，我们可以想象呀。是的，文化就是文明，文化没有国界，文化需要交流。无论玄奘，或是空海，他们都以自己的滴滴心血，培育浇灌着文化之花，千年传承，历久弥鲜。

四

和玄奘、空海用一生的时间去求法弘法相比，坚毅女子王宝钏，也用十八年的漫长时间，向我们传递了另一种精神，对爱情的无比坚贞，对家庭的长久责任。

曲江池边，大雁塔附近有个五典坡村，村西有著名的寒窑，它是故事主角十八年困苦生活的主要舞台。

京剧《红鬃烈马》、秦腔《五典坡》、越剧《王宝钏》，大江南北，王宝钏美丽而善良的形象，一次次敲击着人们的心灵。

相府小姐王宝钏，本来完全可以衣食无忧的，然而，一次平常的游历，却改变了她的命运。三月三日天气新，曲江池边多丽人。这一天，王宝钏带着丫环出游，如潮的人流中，一定有那些追花采蜜的富贵及浪荡公子，美女们往往是他们追逐或调戏的对象，王小姐就这样被盯上了。英雄救美的故事，实在是太老套了，然而，它却为古今中外所津津乐道。然后，王、薛私订终身，然后王府绣球招亲，然后王父嫌贫爱富，几经周折，薛平贵终于将王宝钏迎回了自己的寒窑。然后，薛平贵征东，建功立业，王宝钏几近绝望的等待。为爱痴狂，望眼欲穿，长久的困苦与等待，让人心生疼意。王宝钏和薛平贵的故事，几乎一点新意也没有，然而，大家喜欢。

我猫腰进寒窑参观。

向黄泥土要空间，几个平方的窑洞让人有些喘不过气，十几孔窑洞连成一体，通道逼仄，大多数只能允许一个人通过，也不知道王小姐到底是住哪一间或哪几间。王小姐挖野菜，据说附近的野菜都被她挖光了。我觉得，生活上的苦，其实难不倒王小姐，内心里的苦才难熬，爱人在哪里？爱人还爱她吗？爱人有没有娶二房？我的等待值得吗？然而，凭着超人的意志，王小姐到底还是熬过来了，熬成了西凉皇后。

我妈是个戏剧迷，自小就听她唱越剧、黄梅戏，我也很早就知道有个王宝钏，后来看隋唐演义，深深迷恋于秦琼、李元霸那些英雄的故事。一直以来，我就将王宝钏当作传奇看，现在，看了这几孔寒窑，依然坚持这样的观点。不过，象征和隐喻，戏曲传递的精神，却代代相传。它是一种昭示，无论贫寒和富贵，人总有道德底线，而对底线的坚守，就是中国传统文化的主要精神之一，王宝钏是一个好榜样。

五

王宝钏十八年苦守寒窑，先悲后喜，让人怜惜，而一出生就遇大凶险的刘询，也真是让人捏一大把汗。

汉宣帝刘询，中兴之帝，不过，他差点被掐死在襁褓中。这位汉武帝的曾孙，也就是太子刘据的孙子，刘据没等到继位，却陷入著名的"巫蛊之祸"中，连累了许多人，幸好刘彻临死之前醒悟，曾孙才得以保命。

鸿固原，长安城南，潏河、浐河两水相绕，林深树茂，风景宜人。刘询少年时就喜欢在原上登高览胜，当上皇帝后，他就在此建设陵墓，我们现在称之为"杜陵"的地方，汉代开始，就是人们的游览圣地。李白有《杜陵绝句》如此描绘：南登杜陵上，北望五陵间。秋水明落日，流光灭远山。

我去杜陵，是为了看秦砖汉瓦，中国馆藏瓦当数量和品种最多的专题博物馆，就隐在杜陵的深处。

秦砖汉瓦，我在陕西历史博物馆里看过，常走的杭州运河桥西也有秦砖汉瓦展览。砚台造型，花盆造型，那花盆，砖心里挖一个方孔，养菖蒲最合适，山菖蒲、水菖蒲、石菖蒲，古砖鲜草，烟火味十足。不过，公开售卖的东西，不辨真假，我只是好奇而已。这一回，3600版别，4600多块瓦当，从西周一直到至明清，琳琅满目，终于饱了眼福。

瓦当使用及功能，瓦当发展史，瓦当分类，古砖展，佛像瓦当，瓦当王，我一个展区一个展区细看。脑子顿时觉得不够用，因为要调动许多知识和积累，虽是建筑，但涉及文字、文学、美学、书法、雕塑、装潢。瓦当的内容，更加驳杂，神话、图腾、自然、生态、宫廷、宫署、陵寝、地名、官名、姓氏、吉语、民俗、佛像等，几乎无所不包。

云纹瓦当。

如天空中的一片云，没有一片是相同的，中国古人的想象力，像云彩一样肆意流动。网云纹、叶云纹、十字纹、树云纹、房屋树木纹、勾云纹、桃云纹、水涡纹、雁网纹、嘉禾纹、花纹、葵纹，这些秦汉瓦当，简洁规整，拙巧相间，均衡对称，跳跃流动，富有旋律，匠人们融自然于心间，行云流水，极具艺术魅力。

看着这些云纹瓦当的简注，脑子却不断地穿越到瓦当的生产年代。这一块，秦云纹瓦当，出自西安市蔺高村的阿房宫遗址，直径16.5厘米。当心五个乳丁，环乳丁向外四边，伸出双重阶梯状山形纹饰，山形纹将当面四分，每一区内又各饰一倒羊角形云纹。杜牧低沉的声音似乎又在我耳边响起：覆压三百余里……直走咸阳。二川溶溶，流入宫墙。五步一楼，十步一阁。廊腰缦回，檐牙高啄。各抱地势，钩心斗角——这三百里的阿房宫，要用多少瓦当呀，最后，楚人一炬，可怜焦土！那些瓦当，那些豪华，都如这瓦当上的云一样，烟消而散。

动物瓦当。

大自然中，人毕竟力量有限，而那些猛兽，则成为人们借力的极好象征。于是，各式各样的动物，力量型、祥瑞型，纷纷登上高堂显屋。龙纹、虎纹、豹纹、龙虎纹、凤鸟纹、云兽纹、白虎纹、虎牛纹、夔凤纹、饕餮云纹、凤鸟衔鱼纹、鹤云纹、三鹤纹、龟云纹、牛云纹、蟾蜍纹、飞鸟云纹、奔鸟纹、四凤朝阳纹、摩羯鱼纹、朱雀纹，各种动物结合，有它们挡着，妖魔鬼怪，统统跑开。

这一块，秦鹿纹瓦当，出自凤翔县雍城遗址，直径14.5厘米。当面一只雄鹿，四蹄腾空，鹿角高扬，似奔驰中突然停下来的样子，细瞧，还有一只小鹿在其胸前嬉戏。这样可爱的鹿，却被赵高牵到了朝堂上，当作他检测权威的道具，赵高故意问胡亥：这是一只什么动物呀？让秦二世万万没想到的是，这竟然是马！赵高的奸恶远非他能想象，当他杀光了兄弟姐妹，杀光了正直辅国的忠臣，自以为皇位稳固的时候，他皇位座椅的总开关，其实仍旧掌握在赵高手里。鹿变成马，不是美丽的童话，而是残酷现实权力的游戏。

汉字瓦当。

一字、二字、三字、四字，甚至八字，更多字，各式各样的标注，表意更简单，也更丰富，这是刘家的、那是王家的，这是宫殿、那是仓库，这是将军、那是商人，这是宅第、那是墓地，谁家的，怎么用，一清二楚。

这一块，汉"亭"瓦当，出自河南省安阳地区，直径15厘米。当面中央一隶书"亭"字，外周单线四格界，每格饰一单线云纹，外周一圈弦纹。一看到这个"亭"，刘季，就活生生地站在了我面前。这些时间，我重读《史记》，刘季的形象再一次清晰起来。泗水亭长，好酒好色，不事生产，用一张假贺礼单子，骗吃骗喝，再骗了老婆，本事确实了得。亭长，秦汉时期最基层的行政单位长官，本掀不起什么大浪，无奈，刘季从出生到起兵，都有种种异象，这似乎为他建立汉朝寻求了某种合法性。秦始皇发现"东南有天子气"，想弄死刘季，也徒然，有方位，没定位，瞎忙乱。所以，这个"亭"字，绝对不能小看，替人遮风蔽雨的亭，是亭的本分，而从亭长位置做到皇帝的，只他刘邦一人。

这一块，汉"上林"瓦当，出自西安市汉长安城遗址，直径15.2厘米。半圆形，双栏格界，二字篆书，分左右排列。"上林"，就是刘彻苦心经营的"上林苑"，太有名了，太大了，340平方公里，上林苑里生出了多少故事和事故，我这里不细说了。我们所在的这个博物馆，就是汉代上林苑一个重要区域。

我在"天人合一"瓦当前，仔细听讲解，这是镇馆之宝。

金乌神鸟、蟾蜍玉兔、益延寿，三块瓦当，当面直径22厘米，均为汉长安城汉武帝延寿宫出土。一看就知道，这是刘彻求长生的吉祥物。公孙卿对他说：您要想长寿，就要经常和仙人会面，那必须造一个高级楼，否则仙人们不来。延寿宫，延寿，再延寿。金乌就是太阳，月宫里有玉兔，看那金乌昂首展翅，一飞冲天，雄浑大器；看那玉兔，长耳翘尾，鼓目亮睛，腾空奔跃。所有的一切，都显示着旺盛和蓬勃，我就是天，天就是我，天人合一。

四千多片瓦当，每一片都有一段独自的长长光阴。

"永受嘉福"，鸟虫篆汉代瓦当，我买了一张这四个字的拓纸。此瓦当，直径18.2厘米，四字上下排列，皆为鸟虫形，整个构图，祥瑞雍容。上苍赐福到永远，多么美好的吉祥用语呀。

六

曲江池边，水波泛起一些涟漪，日光在微波上自由舞动。

《丽人行》隆重出场。丽人们着鲜衣，舞长袖，薄纱飞扬，一圈又一圈用力甩向空中，俏身三百六十度不断地旋转。广阔的时空和千年的历史，都被凝固成了快速流动而瞬间消失的符号。

晴阳下，大雁塔的淡黄和湛蓝的天空，醒目辉映。

长安水，逝者如斯夫，不舍昼夜。

贺兰山下

二十亿年的地质演变，贺兰山由一片汪洋成为一座奇特的山脉。因为她的挺立，西伯利亚高压冷气流被削弱，腾格里沙漠东侵被阻截，贺兰山成了中国一条重要的自然地理分界线，再加上母亲黄河三百九十千米的独宠，宁夏于是成就中国的"塞上江南"。

唐人韦蟾有诗描绘：贺兰山下果园成。

岳飞掷豪迈名句：驾长车，踏破贺兰山缺。

柔软和坚硬。

壮阔和神秘。

千万年来，贺兰山如奔逸的骏马，飞扬出史诗般的歌唱。

一

我关注德日进，是因为他的名字，这名字取自庄子，做一个每天都积累德行的人，真够上进的。读了他的大著《人的现象》，以为他只是个哲学家，这回到了宁夏水洞沟一看，想不到他还是个响当当的古生物学家、考古学家。

二十世纪初，西方许多考古探险家都将眼光瞄向中国西北部，他们身份不同，目的也不同，但都是奔着中国的神秘而来。

1919年，比利时传教士肯特路经银川附近的临河镇，在水洞沟的悬壁上发现了一具犀牛头骨化石和一件经过打磨的石英岩石片。此后，肯特在天津碰到了法国古生物学家桑志华，并告诉了他在宁夏的发现。

1923年6月，德日进和桑志华一起，结束了甘肃地区的考察，专程前往水洞沟，欲解肯特的疑问。经过十二天的考察和发掘，他们有了惊人的发现：三百多公斤的动物化石和远古时期人类使用的石制品，充分向世界证明，中国也有旧石器文化，水洞沟遗址就是最好的例证。

2018年9月21日下午，暖阳下，我走进了水洞沟遗址的张三小店，这是他们临时寄居了十几天的旅店。院子里一大片沙石地，德日进和桑志华的半身雕像立在花岗岩的座基上，座基上有他们的简单介绍。德日进，高鼻深目，在阳光下微笑；桑志华，光头大鼻，一副圆角眼镜显示着他的深沉。

除发掘出大量的动物头骨及石器制品，据德日进等的考察，水洞沟村还有二十八处古人类居住的遗迹，这就是圆形、方形、长方形的浅地穴、深地穴，俗称地窝子。依我的想象，史前人类的居住，绝对不可能考究，能遮风蔽雨，就是最理想的居住场所了。我小心地走进一个修复完整的地窝子，陡峭往下数米，里面有坑，有灶台，看着这些简单的陈设，我还是感觉吃惊。人与自然的初次博弈，便懂得退让和躲避，这冬暖夏凉的地窝子，已经有现代人舒适住宅的雏形了。

距明长城遗址不远处，雅丹地貌陡峭的崖壁边上，搭着一些脚手架。走近一看一问，原来是中国科学院考古研究所的工作人员在工作，他们好像在切片，其实是挖土，用小铲子细细地挖、刮，也许挖若干天若干月也不见得有收获。但他们坚信，史前人类的遗存，或许就在泥土深处的某一块泥结中，四万年，风雨的侵蚀，足够将先人们居住的痕迹抹平，将先人们使用过的器具深藏，他们要细细地将大地切开找寻。

我听到了一大群孩子的喧闹声。

水洞沟遗址策划部的小冯告诉我，这是银川市西夏区实验小学的孩子们在模拟考古。每人一把刷子、一把小铲子，每人一方土，孩子们非常兴奋，也极小心翼翼，他们都听老师们讲过德日进和桑志华发现遗迹的故事，他们弯腰躬身，用小铲子一小锹一小锹地铲土，眼睛直盯，偶有学生大喊，发现了，发现了。他们发现了什么？原来是工作人员预先埋进土里的仿制小石器件，呵，遗址现场，通过亲身体验，让孩子明白一些道理，任何一种科学发现，都要经过艰难曲折的过程，才会有发现的快乐。

水洞沟的明长城遗址，和别处的不同，日月的剥蚀，呈现在我们眼前的已经是黄泥土堆。登上明长城遗址，有一块小界碑，右边是宁夏，左边是内蒙，一碑跨两省。朱家王朝，要防的是北边的鞑靼人，那些野性的蒙古人，虽然被他们打败，但他们知道，随时都有可能越过大漠而来，长城必须修筑坚固，守卫的士兵，双眼必须擦亮，紧盯前方。

藏兵洞，现在看来有些传奇，其实就是一处正常的军事设施。没有冲突的时候，边境往往是百姓集市贸易的好地方，大家都称它为"马市"。长城脚下的红山堡，驻守着一千二百五十多人的清水营，这支部队，在将军的带领下，日夜保护着大明江山的安全。

曲折而进，大多数通道都狭窄得很，仅容一人而过，有时还须侧身，常常是没行几步，便是机关。小冯笑着对我说，老师，您踩在机关上了，已经被利箭射杀。或者，玻璃底下是粗壮的铁蒺藜，那也是暗道，以前是用板或土覆盖着的，外人一不小心就会跌进陷阱，再无生还可能。突然，暗道边上又有亮光，那是延伸进去的另一片天地，堆放粮食，或者武器，或者是军队将领的住所。呀，还有灶台和水井哪！嗯，必须要有，吃饭饮水是人的首要问题。我看到了一个蔬菜陈列小玻璃橱窗，里面有清理出来的白菜、土豆、胡萝卜，还有红枣和遗核等，经试验，五百年前的大豆种子还会发芽。

这个立体的军事防御工事，隐在山谷间，藏在雅丹地貌的厚泥土中，对阻挡鞑靼、瓦剌贵族南侵，起到了重要作用。

傍晚时分，《北疆天歌》的战鼓声在沙场上擂响，马蹄飞踏，刀光剑影，尘土飞扬，西夏王朝的传奇故事上演了！

二

在中国的名山当中，贺兰山不长也不高，两百五十多千米，最高峰也只有三千多米，但就如题记所言，贺兰山的名气却不小。我不知道，岳飞的"驾长车，踏破贺兰山缺"是否就确定为宁夏的贺兰山，但几乎所有的宁夏人都认为岳飞写的是他们的贺兰山。西夏王国就是贺兰山传奇里的一个生动章节。

说西夏，一定要从北魏的拓跋氏开始，这就是一个长长的源头了。唐贞观初年，拓跋氏归顺唐朝，被赐为李姓。唐末，夏州党项族首领拓拔思忠，也就是西夏太祖李继迁的高祖，和从兄拓跋思恭一起，率部参加了平定黄巢起义，因功被封。自此，党项李氏以夏州为中心，并逐渐占据了另外的四州。

公元 982 年，西夏五州尽归北宋，这时，李继迁刚刚二十岁。也正是李继迁，走上了和北宋王朝分庭抗礼的道路，到李继迁的孙子李元昊时，西夏王国的诞生，条件终于成熟。

西夏一百九十年的历史，在中国历代朝廷中，也不算短，尽管它没有进入所谓的正史，但西夏传奇一直被演绎。

我在宁夏博物馆，看到了两扇石刻胡旋舞的墓门，全国仅此一件。门呈长方形状，上下有圆柱状榫，两门闭合处各有一孔，石门正中的"胡旋舞"雕刻画，是唐代音乐舞蹈巅峰状态的又一明证。

去年，我在写作《霓裳的种子》的时候，阅读了大量唐宋以来大曲和舞蹈的笔记，除霓裳羽衣曲舞外，最著名就数这个"胡旋舞"了。

我始终认为，李隆基时代，这些舞曲能盛行，主要和他个人喜欢有关，上有所好，下必甚焉，实事求是地说，李隆基不仅仅是喜欢，他本身就有超一流的水准。"胡旋舞"同样来自西域，动作轻盈，旋转速度快，节奏狂放又鲜明，它在长安流行的时间，长达五十余年。我推测，皇帝喜欢，王公贵族和平民百姓都喜欢，而正是胡旋舞最盛的时候，它传到了夏州。

胡旋舞多为女子所跳，独舞、二人、三人，还有多人，形式多样，但男子跳胡旋舞还是比较少，最著名的场景是，大胖子安禄山，行动都不太方便，但为了取悦李隆基，在李面前跳起胡旋舞时竟然非常轻盈：

> （安）晚年益肥壮，腹垂过膝，重三百三十斤，每行以肩膊左右挽其身，方能移步，至玄宗前，作胡旋舞疾如风焉（《旧唐书·安禄山传》）。

我面前的这石刻画，所刻正是男子舞蹈者，虬髯、鬈发、深目、高鼻、宽肩、细腰，典型的胡人形象。此胡人，上着圆领紧身窄袖衫，下穿紧腿裙，脚着长筒皮靴，如此重量级的舞蹈者，竟站立在一块小小圆毯上。左右两扇门，两舞者恰好面对面舞蹈，左边舞男右脚尖着毯，左脚轻踢六十度角，双手举过头顶，呈十字叉形；右边舞男也是右脚尖着毯，左脚差不多踢成九十度直角了，右手的飘带在身后飞扬。门的四周，均雕刻着迷乱的云纹，两位舞者，似乎都在浓浓的云雾之上腾跃。

歌舞升平，花天酒地，西夏王公的祖先们，显然在这片沙漠之地上生活得优哉游哉。

然而，这仅仅是一个侧面，公元1038年，李元昊建立西夏国后，全面仿唐宋官制律令，吸收和融合汉文化。我觉得，文化的力量，才是他们传承十代的重要核心基础。

西夏文字，就是一个极其重要的载体。

5863个已经被发现的西夏文字，除了专业的研究者，绝大部分人可能一个也不认识。李元昊的用意很明确，要使"大白高国"永恒长远，必须要有自己的文字，因此，我们不得不点赞李元昊的远见，在建朝的前两年，他就命大臣野利仁荣创制西夏文字。但要在短时间内，创制一套可以使用的文字，这样的工程，实在不是件容易的事，于是，大量对汉字的偏旁换位借用，就成了西夏文字的主要特点，在此基础上，再造出独特的西夏独体字、合成字。一般人看西夏字，远看都认识，近看一个也不认识，我们就带着这种好奇，进了西夏王陵博物馆参观。

我在"西夏雕版"前伫立。

数十块黑幽幽的木活字雕版，大小不等，有的是一小段，有的是几个字，虽遭近千年来的风雨，但墨迹依旧黑浓。1908—1909年，俄国探险家科兹洛夫对黑水城进行两次掠夺性的挖掘，发现了五百多种、数千卷之多的西夏相关的文物、文献，当然，这些珍贵文物现在都保存在俄国圣彼得堡的博物馆里。

掠夺，自然阻挡不了我们对西夏文字传承其文明的了解。这时，我忽然产生了小小的趣味思考：假如，李元昊不学习和借鉴宋朝的文化，那么，毕昇的活字印刷术他就会视而不见，如果没有西夏文字，我们今天真的无法知道更多的西夏文明。

西夏文和汉文的姓氏对照表前，一些人正饶有兴趣地找着自己的姓，我也发现了"陆"字，于是拍照。我向身旁的西泠印社姚伟荣先生提了个请求：帮我刻一个西夏文的陆字，我作闲章用，自此后，只有盖了这个西夏陆，才算是我的书法真迹！说完一群人大笑。转念一想，谁又说我这个陆字和西夏没有关系呢？我就将"步六孤"作过自己的笔名，"步六孤"，北魏拓跋改汉姓为"陆"。

党项民族不是消亡了，而是融合到各个民族中去了。就如那九座西夏王陵，千年的风雨销蚀，已经将宏伟的王陵剥蚀成一堆黄土了，时光和风雨，会消解一切而融入自然间。

远远地凝望三号陵，游人三两，缓行指点，一地的紫苑花却开得正闹。王陵寂静无声，生与死，热闹和悲凉，天地间就这么演绎着简单的循环故事。

三

西夏，也被称作沙漠王国，因为腾格里、毛乌素，这些中国著名的沙漠都和宁夏有关。

从沙坡头的索道缆车一下来，我就急切地寻找王维。七年前，我曾匆匆见过他，写过一篇《大漠孤烟直》的小文，里面有一段初见王维的文字：

> 宁夏中卫的沙坡头，王维左手抚胸，右手捏着一管粗笔，抬头眺望着腾格里沙漠，口吟"大漠孤烟直，长河落日圆"，热闹的游客在嬉戏和啸叫中纷纷和孤独的诗人合影。

这次我来沙坡头，王维依然挺立在风中，姿势没有变，只是风大了些，好多人裹着围巾防沙防风在和他合影。印象中，王维挺高大的，眼观远方黄河，但这次突然感觉，王维的身影小了许多，不可能是别的原因，只能是人越来越多，到处都是人，王诗人混在人群中，也显得矮小了。

几位摄影家都要拍沙漠，沙坡头旅游管理处的一位小伙子，带我们坐上了冲锋舟，不按旅游线路，直接往沙漠深处寻找新的景致。

车停在一处沙湾，有山有凹，有阳光，沙漠的线条清晰，只是风极大，我裹紧了风衣的所有扣子和帽子，感觉细沙仍然直击嘴唇。

我和袁敏、华表、姚伟荣，在一处花棒林中汇合。

这是近处唯一的小丛林，我细数花棒，约有二十多株，应该有三米左右高。它被称为"沙漠姑娘"，根系发达，树龄可达七十年以上，是少数能在沙漠中顽强生存的树种。它不粗壮，皮肤极粗糙，甚至有好些都裂开，露出里面红红的树身，我想，这"沙漠姑娘"真如那些在田野里苦干的劳动妇女，勤劳肯干，粗手大脚，每天承受着一般人承受不了的困苦，尽管风大，它也只是摇曳着软软的枝条，略略低低头而已。

几乎是一棵一棵地细看着这些"沙漠姑娘"。突然，看见数根枯枝，我立即有了新想法，转身招呼华表、姚伟荣，将这些枯枝捡起来，我们种一棵树吧，虽然是枯枝，却也硬得很，至少也是一道风景！大家七手八脚，一根一根捡拾，将枯枝扎进丛林边的沙漠中，让枯枝们互相依靠，互相交叉，形成拱状叉形，这就有了抗击风沙的能力，虽然这棵枯树有些摇摆，但依然有存在的生机。

管理处的小伙子笑着对我们说：老师，你们如果早两个月来沙坡头，这花棒会开出很好看的花呢。

我们恍然：哦，沙漠姑娘呀，应该有花！

回程途中，我发现了一棵被围栏围起来的大花棒，上面有牌写着：七月花开，灿若云霞。

小伙子看着我被风沙折磨的样子，告诉我：今天的风还是少见，这沙坡头，和四十年前比起来，每年的风沙已经减少了三分之二，如花棒类的植物，已由昔日的二十多种发展到近五百种，植被覆盖率由过去的不足百分之一上升到近百分之五十。嗯嗯，我知道，沙坡头的治沙经验，已经在中国许多沙漠地区推广了。

沙坡头山脚的童家园子里，几十棵三百多年的枣树，依然生机勃勃。树上挂着好多长枣，一阵风刮过，哗啦啦掉下许多，游客们纷纷惊叫，跑过去捡起来擦一下就往嘴里送，甜，太甜了。是的，九月的宁夏，瓜果的香味直沁人鼻，随便切开一个西瓜，甜得都不会让人失望。

说起沙，不可不提沙湖。

我们坐船行进在沙湖的芦苇荡中，湖水清澈澄亮，芦苇密集成列，这芦苇和江南的芦苇相比，显得细了些，也许，它们扎根的沙漠，没有江南黑泥的肥沃，但它们依然在风中自在摇曳。远处有水鸟惊起，游客也随即惊叫，然而，撑船的沙湖人却憨笑：这沙湖，鸟多得很，那边湖东湿地，还有一个鸟岛，岛上有鸟一百多万只呢！

沙、湖、山、芦苇、鸟，组成了沙湖的主要景观。这里是银川平原西大滩的一片碟形洼地，二十世纪八十年代前，宁夏农垦人，艰苦拓荒，用汗水筑成了国营农场，鱼跃年丰。而眼前的沙湖，已成人声鼎沸的旅游热点，人们观鸟，玩沙雕，乘热气球，骑骆驼行走，坐沙漠冲锋车冲浪，不亦乐乎。

热烈的阳光下，沙湖的沙，是如此的平静，如此的驯服，是因为有水有芦苇有鸟陪伴着吗？

沙漠故事，印象最深的要数中卫的沙漠火车旅馆了。

平生头一次住在沙漠中。

这一夜是戊戌年的八月十四，中秋节的前一晚。

我们到达"金沙海站"时，明月已经爬上沙丘很高了，一列绿皮长车静静地卧着。我住四号车厢，我也不知道这列车有多长，只见它长长地伸向沙漠深处，细看车身上有"腾格里大漠—1958年"往返箭头。哈，慢车、鸣笛、大漠，过去的许多时光，也让人留恋呀。

房间倒没有十分的特别，它依车厢改造，各种设施齐全，两块素月饼提醒我们即将到来的中秋。这样的高级车厢，要是以前，可能就是首长间了。

拉开窗帘，窗外是茫茫沙海，夜风将彩旗吹得噗噗作响，明月孤独地悬在远处，一切似乎都已经安静下来。

虽是平生头一遭，也没有多少兴奋，疲惫很快让人进入梦乡。不过，这一夜，却醒来数次。每次醒来，我都将窗帘拉开看一会儿，路灯昏暗，万籁寂静，彩旗依然在风中不停地抖动，明月依旧静静地看着我。

凌晨五点多，有人起床了，我猜，那一定是摄影师去拍日出了。天微明，我穿上带来的所有衣物，往沙漠去。我也不知道去干什么，反正就是体验一下，看看沙漠中的日出，感受一下沙漠中的清晨时光。

沙漠里其实不太凉，那噗噗作响的彩旗，是一种误会，空旷无垠的沙漠，只一丝丝风，那些彩旗就骄傲地扬起身子了。我很舒适地走着，索性脱了鞋，光着脚，沙里的清凉，感觉有些软软的痒痒。深一脚，浅一脚，沙里的行走，并不轻松，因为有阻力，但这些阻力就如生活和工作中的小困难，努力一下，坚持一会儿，就轻迈过去了。

天空渐渐明亮，太阳从沙海中慢慢露头。和海上、高山上的日出相比，这沙漠日出还是有些特点，太阳浮上沙丘时，整个沙漠一片金光，连自己身上都感觉披了一层光环。

晨光下的沙山，妩媚得很，没有一点印迹，沙上净是波浪条纹。这些波浪，就如大海边潮退后沙滩上的波纹一样，只是海边的波纹带着浓郁的咸味，它是凝固的诗，而沙漠里的波纹，松散脆弱，娇嫩嫩犹如初生婴儿，低着头对着它，你都不能哈大气，气一大，波纹就变形了。

满眼净是沙，看久了，有些无聊，忽然想起梭罗的一句话：野地里蕴含着这个世界的救赎。我琢磨良久，虽不解其意，觉得可以仿拟一下：沙漠里也蕴含着这个世界的救赎。

往回走的时候，晨光里，那绿皮长车显得越发的绿。

四

我们向着天地间的一幅大画进发，这幅画就是贺兰山。

车接近贺兰山岩画区，这幅画就越像。这是一幅大写意中国山水画长卷，整座连绵的山气势不凡，钩皴点染，疏密有致，浓淡相间，古韵生动。

我们进入到画里去看岩画，看石头表面上的气象万千。

宁夏的岩画，主要在贺兰山和卫宁北山一带，它是几千到数万年间的先人留下的，据不完全统计，有上万幅之多。自古以来，有许多著名的游牧民族都在这一带生活过，西戎、党项、匈奴、鲜卑、月氏、高车、突厥、吐蕃、蒙古，任何一个名词，都曾经在中国历史的册页上散发过自己的光辉。日常的游牧，喜庆的歌舞，原始宗教活动，部落之间的战争场面，神话传说，图腾崇拜，狩猎畜牧，或写实，或写意，都被各族先人艺术家们磨制、凿刻到岩石上，充分表达着他们的思想，线条虽粗犷稚拙，感情却豪迈奔放，汪洋恣肆，让人叹赏。

我们直奔贺兰口岩画区。

贺兰口坐落在贺兰山东麓的贺兰县洪广镇金山村，震撼我的如特别国画般的贺兰山，就在这一段。贺兰口岩画分布在山沟两侧的山崖、石块及山前洪积扇上（季节性河流河口的扇状堆积地形），在约 11 平方千米的范围内，约有 2300 多幅岩画，画面的个体形象达 5600 多个，其中人面像就在 800 个以上。

贺兰口北侧的显要处，有一幅著名的西夏人面像图。画面上有人面头饰，还有发饰，面部像一个站立的武士，该武士双臂弯曲，两腿叉开，腰挎战刀，是一个威武雄壮的战神形象，画边上有五个西夏文字：正法能昌盛。

这幅只有千余年的年轻岩画，表达着这样的历史背景：公元 1033 年（北宋明道二年），西夏王李元昊先自行秃发，两鬓留发饰，然后下令国民都要遵行这一法令。头为什么要剃得这么干净，这和"胡服骑射"是一样的道理，战斗是第一位的，只有战斗，才能振国威，扬民气，没有恼人的长发，打起仗来，方便多了。而"正法能昌盛"是句佛家语，说的是"秉承正法，人民昌盛"，宣扬佛法的正法之道。这五个西夏字，显然更年轻，据考证，是明朝嘉靖年间西夏后裔刻上去的。

太阳神是贺兰山岩画的标志。

转了几个来回，终于发现，贺兰口右侧山上三十米处的大岩石上，有太阳神在慈祥地望着路下的人们。因发生过塌方，岩画的上方用粗绳网挡着，主要是挡碎石，游客已不能上山近观，不过，山下依然能清晰看见，如果用镜头拉近，一点也不影响拍摄效果。

这太阳神，神就神在如铃的双环眼，光芒四射；头部圆状，顶部也呈光芒放射状；两只耳朵，如帝王蟹的大触角，折起坚硬挂下；鼻子和嘴唇处，和人一样，没有十分特别。这个造型，即便今天看来，也极为新颖奇特，没有超一流的想象力，绝对画不出来。

在先民们的认知里，有了太阳，就有了一切。

中华民族的祖先黄帝炎帝，都和太阳有关。黄者，光也，黄帝就是光明之神；炎者，日也，炎帝更是太阳神的化身。《史记·匈奴列传》有："单于朝出营，拜日之始生，夕拜月。"这些都表明，至高无上的太阳，永不熄灭，是我们的生命所在，我们崇拜太阳，我们都是太阳的子孙！人面太阳像，就是要骄傲地表明，我们和太阳有浓郁的血缘关系。

其实，不仅仅是贺兰口的这一幅著名的太阳神，在中国其他地区，也多有太阳的图腾崇拜。仰韶文化的彩陶制品中，有大量的太阳图；马家窑文化的彩陶中，也有不少太阳纹饰图案；今年六月，我去四川广汉三星堆，看到了让人震撼的五辐太阳轮。

大家正聚精会神拍摄太阳神时，突然，一只岩羊闯入了我们的视野。它从山那边毫无征兆地跑进镜头，褐灰色，腾挪跳跃，我们惊叫着，它并没有加速，而是向着太阳神方向，一会儿跃上一块大岩石，一会儿藏身沟里，顶多两分钟时间，岩羊就隐没在高大的岩石和矮矮的灌木草丛间了，哈，也极有可能跑进岩画中去了。

除了太阳为主题的岩画，我在贺兰口岩画区，还看到了各种动物形象，尤以羊图腾或羊字形状为多，如驴羊图、双羊出圈图等。对游牧民族来说，羊更是他们离不开的必需品。羊的肉鲜美，皮毛御寒，羊的性情还温驯，羊能爬高登远，羊只吃草。我去呼伦贝尔草原，那里的牧民，就将羊骨中的羊肩胛留下，用于萨满占卜，认为十分灵验。

朴素的生活哲学和神秘的宗教信仰一旦结合，就会产生无穷无尽的想象力，而岩石上那些粗细不一的黑白线条，又何尝只是先民们当时的情绪表达？

天与地、人与神、生与死、灵与肉、爱与恨，贺兰口岩画区那些古老的石头群里，千万年似乎都响着的叮当声，它们不断在敲击着我的灵魂。

五

离开宁夏的前一夜，晚饭后，要回宾馆，一辆出租车在我们身边停下。

司机很耐心地看着我们上车，听着我们的交谈，他有些定神地看着我问：是老家的人吧。

我一愣：老家？您是浙江人吗？司机长着典型的西北面孔。

他笑笑：是啊，我是浙江温岭人，不过，我爸妈二十世纪六十年代到的宁夏生产建设兵团，我出生在宁夏。

我说我们前天刚去过沙湖呢，那儿就是宁夏兵团建设的。他说他知道，他父母就在那儿工作过。

然后，气氛就有些热烈起来，从交流中，得知这样一些不完整的信息：他父母来宁夏时，这银川街上，没有一座大楼。他1970年出生，他清楚地记得，1980年，浙江奶奶来银川，家里只有一碗白面。母亲给奶奶做了馒头吃，奶奶舍不得吃，给了他一个，那个香啊。他说这个"香"字的时候，语气加重了不少。到目前为止，他还没有去过老家，但大致听得出老家的方言，他父母都已经八十多岁了。

无巧不成书，我在住宿的深航立达酒店，又碰到了"老家"人。总经理黄刚先生，和我都住在杭州的运河边，他接手的是一个亏损了二千六百万的酒店，两年多后，立达已经赢利一千万。

"老家"，我们很有些感慨，今天的宁夏，贺兰山下，早已成了人们给心灵放假的好地方，而来自江南的建设者们（准确地说，应该是全国各地）却是艰辛的，他们的青春，都贡献给了另一个江南。

天留下了敦煌

著名敦煌学家姜亮夫先生曾言，整个中国文化都在敦煌卷子中表现出来。

有一件极少人关注的卷子——敦煌日历，它由西亚的波斯星期制引入，一星期七天，都有不同的叫法：蜜（周日）、莫（周一）、云汉（周二）、嘀（周三）、温没斯（周四）、那颉（周五）、鸡缓（周六）。

己亥八月初五，我在云汉这一日的晚上十点二十分，从杭州飞抵沙州。

一、敦而煌之

犬戎最擅长的是骑猎，打一枪换一个地方，抢了东西就跑，人人能战。自周朝开始，犬戎就一直让周人头疼，古公亶父率领他的族人迁到西岐，一个重要原因就是避开犬戎的骚扰。秦人先辈能封诸侯，也是因为攻打犬戎有功。

这犬戎指的就是匈奴人。

但匈奴人也有强大的对手。战国时期，河西走廊的主体民族是月氏人，他们赶跑了乌孙人，这个游牧部落，以敦煌和祁连山为中心，向东或向西，自由而惬意地往来于水草丰盛的广阔草原之间。月氏人日益强大，连匈奴人也不得不将首领的儿子送去当人质，以求安宁。

然而，骨子里强悍的匈奴人，并不会久居他人之下，一有机会，他们就迅速崛起。秦汉之际，冒顿单于乘着战乱不断，攻城略地，一路横扫，他们不仅赶跑了月氏人，更吞并了西域地区的一些小国，一时间，整个中国北方，都成了匈奴人的天下。

而此时，汉朝初立，根本没有力量反击，只好用女人和钱物换取和平。

刘彻从小就有远大的志向，公元前140年，他继位后，立即从战略和战术上开始谋划反击匈奴。这个战略就是派遣张骞西行。公元前138年，张骞第一次西行，刘彻交给他的任务主要是，到西方去联络月氏人，请他们返回家乡，正面对抗匈奴人，好聪明的一招，以夷制夷。而张骞此行胜利归来，顺便带回来另外两个大喜悦：全面探测到了西域各国包括匈奴人的政治经济军事等国家实力，这为后面霍去病夺取河西走廊打下了坚实的基础；打通了中原与西域各国的丝绸之路，开启了中西文化交流的新里程。而张骞西行，敦煌是起点。

这一段精彩的历史演绎，使得刘彻的帝王形象更加鲜明，也铸就了霍去病的英名。公元前121年的春和夏，霍大将军两次率汉朝大军越过祁连山，正面攻击河西走廊的匈奴人，战争的结果是，匈奴浑邪王率四万余部下投降。从此，河西地区归入汉朝版图。就如跑马圈地一样，马蹄踏及的地方，必须插上红旗，当年，刘彻就在河西地区设置了武威和酒泉二郡，敦煌属酒泉郡。十年后，再从原来的两郡分设出张掖、敦煌二郡，敦煌升格，下辖敦煌、龙勒等六县。为更进一步筑起坚固的防御体系，汉朝将长城一直修到敦煌郡的西面，并设立阳关和玉门关两个关门，《汉书·西域传》开篇就载"列四郡，据两关"，敦煌从此名震天下。

此后许多年的时光里，这个塔克拉玛干沙漠东端的沙漠绿洲，沙州、瓜州、瓜州、沙州，名称一直变来变去。改名的原因，是因为管理权限的更替，A 管辖，B 统治，C 占据，这是个重要门户，谁都要抢。至隋大业二年，复为敦煌。

东汉的应劭在《汉书》中注释"敦煌"二字这样说："敦，大也。煌，盛也。"这一个"敦"，真的好大呀，一直连着广阔的西域。

二、1900 年 6 月 22 日

1900 年 6 月 22 日，这一天正是夏至日，莫高窟的太阳，经过一天的肆虐，已经无力向西退下，傍晚一阵劲风吹来，桦树叶子簌簌而动。五十岁的小个子王圆箓，这些天来心情不错，他最近募捐到了一笔钱，使得洞口甬道沙土清理进度加快了不少，16 号窟前的沙土基本没有了，而且，就在今天傍晚，一个杨姓伙计向他汇报，说是甬道北壁的壁画后面，可能有洞，洞中之洞，想起来就神秘。

这王圆箓，湖北麻城人，大约 1850 年出生，在酒泉的巡防军中当过兵，退伍后，他就在酒泉出家做了道士。王道士后来云游到莫高窟，一看这里洞窟相连，里面佛像众多，但好多都缺胳膊断腿，他就住了下来，尽管他不甚明白道和佛有什么大的区别，可他有神就信，觉得

有责任，要修理好那些残像，会积德，会加持功力。王道士以后的所有日子，就是四处化缘，然后不断修补，并将一些佛殿改造成道教的灵宫。

耐心等到半夜，四周寂静，王道士和那个姓杨的伙计举着灯，来到16号窟北壁前。王的心里有点小紧张，不知道里面会发现什么，但他心里一直有所期待。几锄下去，里面就露出了空洞，有一小门，高不足容一人，用泥块封着。他们小心挖掉泥块，一丈余大小的洞就出现在他们面前，白布包无数，堆塞得极整齐，每一白布包裹着十卷经，还有许多佛像则平铺于白布包的下面。这自然就是举世闻名的莫高窟藏经洞了，而王道士王圆箓也随之出名。不知道当时王道士的心情如何，但有一点我可以肯定，王发现这个洞的心情，一定没有斯坦因和伯希和那样的狂喜，因为他还不清楚敦煌经卷的重大价值。

2011年8月、2019年9月，我两次站在16号窟藏经洞前，努力地将头伸进洞里看，想看得仔细一点，可什么也没有看到，唯见人头攒动的游客，人也一直被人挤着推着。王道士怎么也不会想到，一百多年前那个寂静的夜晚，会制造出如今的日日人头攒动。

9月5日晚，王潮歌导演的《又见敦煌》情景剧场中，人流顺着剧情的发展而不断移动。至第二幕，几阵阵男女对唱的信天游过后，"王道士"上场了，一身白衣白帽，演员也有些年纪，我听他的声音中有些疲惫，也许是场次演得太频繁了。边上的管理员小姑娘说，最多时，这里一天有十二场演出，王道士有AB角。也许是王道士演员深谙这个人物的心理，矛盾和谴责集于一身，演得还算声情并茂，"王道士"对着我们大声地自责：我发现藏经洞有错吗？我将这些经卷卖给外国人是为了更好地保存它们啊！佛啊，您要怎么处罚我呢？忽然，雷声霹雳，闪电道道，前方的洞窟中，各色菩萨，间隔或齐身出现，纷纷指责"王道士"。我想，在王潮歌的心里，这些菩萨应该代表人民，是人民的心声。就在"王道士"要崩溃的时候，"观世音"出现了，她慈悲为怀，她度人苦难，就算王道士犯了滔天大罪，她也会饶过他的。

世人如何评价王道士，这似乎已经不重要了，但一个事实是，敦煌学已经成为世界学，人类共同关注的学问，而王道士，藏经洞的发现者，这一点不容怀疑。

王道士的墓，就在敦煌文物陈列中心的出口处，有指示牌，一个小土堆，看的人大多谩骂一番就走了。我脑子里一直想着斯坦因拍的那张王道士照片，戴着道士帽，穿着长衫，微笑，略有点害羞，应该是他生平第一次面对这现代化的科技。再闪现出《又见敦煌》舞台上那个王道士，心里别有一股滋味涌上心头，敦煌文物的流失，确实不能简单地归咎于王道士，它实在是对整个旧中国的嘲讽。

在王道士发现藏经洞的一个月后，八国联军的铁蹄踏入北京，慈禧太后匆匆穿着农妇的衣裳，用汉装梳头，裹挟着光绪皇帝，狼狈西逃。整个大清政府，谁还有心思关注那沙漠深处荒芜而又残损的莫高窟呢？

三、九色鹿

莫高学堂二楼，我们上体验课。我的座位前，是一块用线条勾勒出的九色鹿泥板，我们的任务是给这块板上色成画。老师强调，没有框框，靠你自己的理解，她还给我们演示了不少幼儿海阔天空的画作，鼓励我们超越。

敦煌壁画层面结构分四层，支撑体是砂砾岩，地仗层由泥壁构成，底色层为熟石灰和石膏，颜料层则用矿物颜料。我面前这泥板，有三层，完全依照莫高窟壁画所需材料制作而成。我们绘画，是完成第四层，就如同数千年前莫高窟中那些画工在洞壁上作画一样，只是，我们端坐着，舒适惬意，他们只能站着蹲着弓着腰脸朝洞壁艰难绘画。

眼前看着画，我的思绪却一直在讲解员讲的九色鹿故事中飞扬。

莫高窟第 257 窟，北朝时期的画，讲解员仔细说着九色鹿拯救溺人的佛经故事。这一组画，由敦煌研究院的第二任院长段文杰先生临摹，原作比较小，隐在弥勒佛的左下角墙角边，不容易被发现。这个故事，生动曲折，是一则极好的寓言，一点也不亚于格林童话或者安徒生童话。我想，段先生选择描摹的，一定有重要价值。

一人溺于水（我们称其为"溺人"吧），几没于顶，他在极力挣扎呼救，九色鹿闻声而至，迅速跳进水中，驮起了溺人。溺人跪地感谢，表示愿意做鹿的奴仆，终身服侍它。鹿说：不用感谢，你只需要做一件事，千万不能泄露我的住处！溺人发誓：我若泄露，全身长疮而死！故事接着朝另一个方向发展。溺人所在国的王后，夜晚做了一个梦，她梦见一头漂亮鹿，身上的毛有九种颜色，双角如银。次日，王后即向国王提出，要求他派人去捕鹿，用鹿皮做衣裙。国王随即发布告，称有捕得九色鹿者，愿将国家财产的一半作为赏赐。溺人一看告示，立即见利忘义，向国王告密。国王带人进山捕鹿时，九色鹿毫无知觉，它正在高山上睡大觉呢。鹿的好友乌鸦向它发出长长的警报，试图唤醒它，但当九色鹿从蒙眬中醒来，已经被国王和部队紧紧包围了。面对告密的溺人，九色鹿向国王控告了溺人不讲信义、贪图富贵出卖救命恩人的罪行。国王是个明白人，下令放鹿归山，并告示全国不准捕猎九色鹿。而此时，那无良溺人，疮满全身，倒地而亡。

"溺人"之死是报应吗？是的，这报应说白了就是人类间都要遵守的一种道德规范，是一种奖惩，还是一种规律，告诫人们不要随意去打破。

其实，在莫高窟，壁画上的故事多得如天上的星星，正是那些高水平的壁画，才将故事一次又一次生动演绎。讲解员提高了声音，提醒我们注意故事的六个场面，特别是溺人告密，堪称精彩绝伦。中国式的宫殿中，国王端坐着，他的衣着却是西域装扮，王后呢，又是龟兹国的衣物打扮，看到没？她右臂侧身依偎着国王，但又转过头来看着告密的溺人。王后食指跷起，似乎在下意识地叩击，一下又一下，再细看，王后的长裙下面，有一只光脚露出，脚指头也在晃动呢，总之，王后极尽撒娇姿态，内心活动跃然于壁画上，她就是千方百计想得到九色鹿的皮。

而这九色鹿，正是释迦牟尼的前生。

我怀着极度的虔诚，将九色鹿勾画好。白色的鹿身，就让它白色吧，我喜欢洁白，干净简洁；头、角、嘴、脚身上的花纹，我用了九种颜色画出了心中的九色鹿。我知道，这头拯救溺人的鹿，是一个象征，其实整个故事都是一个极好的比喻，做人要救人困苦，做人也要讲诚信，见利忘义，最终的结果是自食恶果，这和儒家倡导的仁义，没有什么区别，都是一种救世哲学，都是一种修养准则。

自北魏至今的 1652 年时光里，莫高窟 492 个洞窟中留下了 2415 尊佛像和 45000 平方米的壁画。壁画内容无所不包，中国文化、古希腊文化、伊斯兰文化、印度文化，它们完美交会，灿若星辰，它们是人类共同的文明。

数千年前的这个荒漠绝谷，我仿佛看见了九色鹿在窟前的那片绿洲中悠闲地吃草，流水潺潺，林木葱郁，鹿在桦树林中的小溪中沐浴，前有长河，波映重阁，天留下了日月，佛也留下了经。

九色鹿的身体里有敦煌，有莫高窟，我将九色鹿小心翼翼地装进硬纸盒，带回了杭州。

四、胡旋舞

莫高窟壁画的博大精深，无法一一写尽，我只关注喜欢的。

我的目光始终在汉唐的壁画上留恋，各色人等，来来往往，眼花缭乱，似乎又幻化成长安街上那挤挤挨挨的人群。

汉唐的长安，开放包容，胡风劲吹，西域文化深入人心。汉灵帝好胡服，挂胡帐，睡胡床，吃胡饭，弹胡箜篌，吹胡笛，跳胡舞，京城贵戚，上下竞仿之。有资料说，唐贞观四年，单是在长安的突厥人就有八万人之巨。唐开元、天宝之际，唐玄宗沉溺于声色犬马，乐不思政，整个长安几乎就是一座娱乐不夜城。诗人王建的《凉州行》云："城头山鸡鸣角角，洛阳家家学胡乐。"这样的情景，真是让人感觉世界成大同。"玄宗尝伺察诸王。宁王常夏中挥汗鞞鼓，所读书乃龟兹乐谱也。上知之喜曰：'天子兄弟当极醉乐耳。'"这是唐朝笔记大家段成式的《酉阳杂俎》前集卷十二中的记载。玄宗看他的兄弟这样沉浸于玩乐中，高兴坏了，没有人惦记他的皇位，多让人放心的事情啊。唐玄宗喜欢打羯鼓，宁王的长子，汝阳王李琎，又名花奴，他和唐玄宗一样，都打得一手好羯鼓。那我猜，这里的宁王，练的也极有可能是羯鼓。

弹琵琶、吹横笛、打羯鼓、唱春莺、舞胡旋，这大概就是唐代的文化日常。鲁迅曾说：唐人大有胡气。我觉得，这应该是极高的赞扬，唐代文化兼收并蓄，玄奘西去，遣唐使东来，都是对西域文化和外国文化的大胆吸收和交融。

唐代，敦煌舞乐也进入鼎盛时代。我走进220窟，细看唐代壁画

《药师变》，这上面的燃灯舞，是唐代壁画中最大的乐舞场面。两组乐队，共二十八人，其中二十六人演奏乐器，二人唱歌。乐队的前面，有两棵灯树，每树四层重叠灯轮，各有天女燃灯。舞台中间还有一座高大的灯楼，灯光明亮，一片灯海。不过，这些似乎全都是背景，在辉煌的灯火中，有两对舞者，各自站在小圆毯子上，起劲旋转。注意噢，他们或她们，始终不离那小毯子，但舞蹈幅度巨大，或张臂回旋，或纵横踢踏，旋转如风，这就是著名的胡旋舞，出自中亚，流行于西域，初唐传入长安，唐玄宗深好此舞，杨贵妃、安禄山都跳得很好。

这胡旋舞有多流行，看看当时的记载就知道一二了。

白居易的新乐府诗有《胡旋女》，这样描写：

> 胡旋女，胡旋女，心应弦，手应鼓。弦鼓一声双袖举，回雪飘飘转蓬舞，左旋右转不知疲，千匝万周无已时。人间物类无可比，奔车轮缓旋风迟。

白诗的描写，让我立即想起广场舞。每天走路到运河广场上，就会看到那些跳广场舞的大伯大妈，音乐响起，脚底痒痒，随时随地跳，不知疲倦地跳，跳得大汗淋漓，跳到地老天荒。

我在多个场合看到过胡旋舞。

戊戌年十月，宁夏博物馆，我看到了两扇石刻胡旋舞的墓门，全国仅此一件。门呈长方形状，上下有圆柱状榫，两门闭合处各有一孔，石门正中的"胡旋舞"雕刻画，是唐代音乐舞蹈巅峰状态的又一明证。

丁酉年五月，河南省博物院，我看到了一个黄釉瓷扁壶，北齐年间的。壶身两侧，画的是宴会中的乐舞场景，歌舞者皆高鼻深目之西域人士，窄袖长衫，宽腰软靴，有吹横笛的，有弹琵琶的，还有一人高举双手打着节拍，中间的主角，跳的就是胡旋舞。美酒喝起来，音乐响起来，这应该是一个很欢快的歌舞会。

看莫高窟壁画时，我时常被壁画上的歌舞场景吸引，飞天和反弹琵琶，已是敦煌的象征之一。敦煌市区的城标，就是反弹琵琶女的形象。在第231窟晚唐壁画的修复现场，毕业于兰州交大、工作已五年的敦煌研究院的小侯对我说，莫高窟的壁画上，出现过51种乐器种类，共画有4500多件乐器，众人听了都惊叹不已。

为什么要画这么多的歌舞场景和乐器呢？我的一个简单理解就是，表达美好的生活和理想，而在这个国际化城市的敦煌，美好的生活，是由各种不同肤色的人们带来和创造的，这是人类的共同理想。

极乐世界是理想社会，在壁画中，理想社会还可以和我们的农耕景象和谐结合。莫高窟第296、148、205、61、55等窟中，共有八十多幅农耕画面，"一种七收"，种一次，收七次，这当然是人人向往了。

有吃有喝，唱唱跳跳，晴耕雨读，虽然敦煌极少降雨，人们依旧快乐，因为洞窟中那些塑像会带给他们坚定的信仰。

五、伤心史

敦煌藏经洞陈列馆，一块长条大石上，凿刻着陈寅恪的一句话：敦煌者，我国学术之伤心史也。粗壮的刻痕深嵌进石头的身体，它也同样触痛着国人的心。

不过，今日再一味谴责王道士、斯坦因、伯希和们，那些散落在国外的敦煌经卷终究也回不了敦煌。不如谨记两点，铭记陈寅恪的伤心，将敦煌保护研究好。

敦煌研究院院史陈列馆，敦煌儿女七十年保护敦煌的艰辛历程让人动容。

我走进张大千在敦煌时居住了两年多的旧居。这是一间不大的土坯房，进门稍大一间是客厅，北墙有一个土炕，那是大师的卧室。北墙上残留有一幅《墨竹图》，已漶漫模糊，大师的真迹。1941 年，张大千带着家眷门人子侄，从四川长途跋涉到这大漠深处。他为洞窟仔细编号，每天临摹壁画，从南北朝至唐五代，他都视如宝贝。

张大千临摹壁画，意义巨大，陈寅恪如此评价：

> 自敦煌宝藏发现以来，吾国人研究此历劫仅存之国宝者，止局于文籍之考证，至艺术方面，则犹有待。大千先生临摹北朝唐五代之壁画，介绍于世人，使得窥此国宝之一斑，其成绩固已超出以前研究之范围，何况其天才独具，虽是临摹之本，兼有创造之功，实能于吾民族艺术上别创一新境界，其为敦煌学领域不朽之盛事，更无论矣。

我的杭州老乡常书鸿，自 1935 年秋的一天，在塞纳河畔的一个旧书摊上偶然发现了伯希和的《敦煌石窟图录》后，内心的震撼就无法言语，保护敦煌壁画的决心也由此萌生。常书鸿 1943 年 3 月到达敦煌后，就将他的一生和莫高窟紧紧融会在了一起，直至他生命的终结。

常书鸿的办公室，目测不足十平方，除了一张老式的写字台、一个简陋的书架，还有就是比别人多了几个画架，那是他的重要工作，他每天虽有处理不完的事情，但他更要关注那些洞窟里的壁画。

写常书鸿事迹的文字太多了，仅录一段他旧居墙上《九十春秋·敦煌五十年》的话，这足可表明他五十年保护敦煌的心志：

> 我想，萨埵太子可以舍身饲虎，我为什么不能舍弃一切侍奉

艺术、侍奉这座伟大的艺术宝库？在这兵荒马乱的动荡年代里，它是多么脆弱，多么需要保护，需要终生为它效力的人啊！

张大千回川后，在重庆中央图书馆举办了"敦煌壁画展"，一时轰动。据当时的媒体报道，展览门票高达50元一张，但售票处常常排起长龙，有时购票队伍竟达一里多长。在国立艺专求学的青年学生段文杰，第一天去看展，没买到票，第二天一大早才得以如愿。段文杰自己坦陈，他就是看了那次画展后才被吸引到敦煌去的。

我去敦煌前，专门读了段文杰的《佛在敦煌》，通俗而专业，有不少新观点，他是敦煌研究院的第二任院长，我在字里行间寻找并感悟着他在研究和保护莫高窟壁画上的心路历程。段的心志可以用《敦煌之梦》中的一句话表达：

不怕风沙扬起，不惧遍地荆棘，秉烛前行在文明的宝库里。

那些发黄的手稿，工工整整，规规矩矩，那是学者的一丝不苟，那也是他们和壁画和洞窟交流的毕生心血，他们是保护者，他们也是传承者。

前院耸立着两棵古榆树，已经两百四十多年，树冠参天，树皮极为粗糙，树纹，纵深达四五厘米之深。这饱经风霜的榆树，忍受着大漠风沙的摧折，却越来越坚强和挺拔。这是一个极好的隐喻，这不就是千年敦煌吗？这不就是保护国宝的敦煌儿女们吗?!

有一个小遗憾，我回杭州的第二天晚上，上海沪剧院的一台大戏《敦煌女儿》，在敦煌大剧院献演。它以敦煌研究院名誉院长樊锦诗为主要原型，兼及敦煌保护者的所有群体。杭州女儿樊锦诗和演员们座谈时说，她到敦煌的第一夜就住在了王道士发现藏经洞旁的破庙里，睡土炕，喝雨水，不过，第259窟那禅定佛陀"蒙娜丽莎般的微笑"，让她铭记了一辈子，只是，达·芬奇创作那传世名作时，禅定佛陀已经在莫高窟笑了一千年。这笑容，就是让她在敦煌待一辈子的理由。

伤心史终成宝藏地，世界的敦煌，人类的敦煌。

六、天净沙

莫高窟的背面就是鸣沙山。抬望眼，长天碧空，一片净沙。那沙丘，形成于千万年前，风吹沙粒振动，沙土层也会共鸣，即使风停沙静，沙山也会发出丝竹管弦般的声音。

中国沙漠多，会发出声响的沙，其实不少，我去过内蒙古鄂尔多斯的响沙湾，那里的沙也以会发声而著名。只是，对鸣沙山而言，这里的响声，更具另一层的意义。莫高窟中2415尊佛像和45000平方米的壁画，它们虽无言，却日日伴随着那些沙粒，在我看来，鸣沙的声音，其实是一种信仰的传递，这是沙粒和莫高窟之间的单独约定。

夜幕降临，月泉阁翘起的檐角上，一弯明月已经升起，整个鸣沙山依旧热闹嘈杂，夜游的人们，似沙丘中的蚂蚁，沉溺于沙海中，他们在尽情戏沙滑沙。月泉阁下月牙泉，这泉，像极了刚升起的弯月，我在弯月旁的一棵左公柳下坐定，秋思，我不是天涯断肠人，这里有老树，没有昏鸦，没有小桥流水人家，我只是独坐独思而已。

眼前芦苇长得极高，我不知道这些芦苇有没有修剪过，但确实比我八年前来此茂盛多了。芦花已盛开，微风吹起，芦花轻轻摇曳，月牙泉迷死人。那一汪泉水，波平如镜，在暗夜灯光的映照下晶莹闪烁，我不知道水里有没有鱼，一定是有的，但肯定不多，或许，那些鱼，听惯了喧闹的人声，该休息就休息了。这一汪泉，给人太多的遐想，我看照片，一百年前，斯坦因、伯希和他们来的时候，还有很宽的水面，而在唐朝，进出这里，要坐船。

我脚下是沙，背靠的这棵左公柳，粗壮茂盛，虬枝苍劲，上有吊牌写着：学名旱柳，1892年种植。左公柳，浸润着一段厚重而沧桑的历史。

1876年，左宗棠带着他的大军进新疆平乱。左将军此行，抱着誓死必胜的信心，抬棺出征，这是什么样的勇气呀！以前海瑞进谏，也抬过棺。这样的气势，没人能阻挡得了。左大将军，还是个著名的环保人士，他率领的军队，到处种树，自泾州以西至玉关，夹道种柳，连续数千里，有资料统计，仅陕西长武至甘肃会宁，种活的树就有264000多株。1879年，即将继任陕甘总督的杨昌浚，一路西行，见道旁柳树成荫，触景而诗："大将筹边尚未还，湖湘子弟满天山。新栽杨柳三千里，引得春风度玉关。"这夹道成荫的左公柳，把春天带到了边疆，春风吹到了玉门关外。

我索性将鞋子脱掉，双脚尽情伸进沙中，我想接收到沙粒更多的信息。

沙生活了多久，敦煌就存在了多久。嗯，是的，虽然敦煌有悠久而辉煌的历史，但沙粒要比敦煌久远许多，我尊敬沙粒，无数的沙粒。

这沙粒会移动，犹如行进的大军，有时会横扫一切。阳光下，长长的驼队，影子在沙丘上拉得很长。驼队从敦煌出发，沾着沙粒的驼脚，一步一步坚实地向西域走去，迈出了一条宽阔的丝绸之路。

不要忘了，驼背上那袋里装着的闪亮珍珠，它们也是沙粒变成的，蚌的孕育，虽有痛苦，但沙粒最终磨砺成珠。

把脚收起，今晚收获颇多。我感觉，在敦煌，天净沙，每一粒沙子都已经具有了佛性。

七、关照

元二，王维的好朋友，他要去安西都护府（下辖于阗、龟兹、疏勒、碎叶四镇）任职，朋友远行，必须送一送，也许再也见不着面了。渭城客舍，虽是晚春，夜晚还有些凉，但王诗人和元二的送行酒喝了一杯又一杯，知心话说了一遍又一遍，嘱咐的话交代了一次又一次。天公也作美，临行前又下雨，空气清新，驿道上的尘土就不会飞扬了，君要远行，终有一别，吟过这首诗，再喝一杯酒，就此别过吧！

《送元二使安西》，使敦煌西南的那个叫阳关的关塞出了名，从此出了名。不过，还是让人有点伤感：西出阳关无故人。元老二啊，您老兄自己多保重吧！

我先让元二穿越到汉朝。

元二不是去安西上任，安西那时还是西域诸国呢，元二是去西域做生意。元二从长安一路西行，至敦煌西南的阳关，前面是茫茫大漠。汉朝在此设立关口，要过关必须要先取得"关照"，就是通关文牒，说明西去事由，得到敦煌郡司户参军签发的关照，经过阳关时，再由守卫敦煌的阳关都尉验证，验证通过，就可以出关了。

现在，我也穿越到汉朝了。

不过，我显然比较省时省力。九月六日上午十点左右，出关的人不多，叫过姓和名，我在敦煌郡司户参军处也拿到了签发的关照，"司户参军"说了一句：恭喜你取得阳关关照，你可以出关了。我接过关照，来不及细看，就朝戴着铁帽、穿着盔甲的军官答道：谢参军大人。大家都忍着笑，严肃的程度不亚于我在上海美领馆的签证。

翻看着精美的通关文牒，经过一片砂砾地，我要出关门。

"阳关都尉"接过关照，板着脸问：叫什么？来自何处？去西域何事？

我是第一个过关验证，打定主意要搞一下事，看看都尉的配合程度，是不是默契：我叫元二，来自吴越，去西域做访问学者！

"阳关都尉"一听，显然生气，黑脸怒斥：一派胡言乱语，拖下去，打十棍！

必须屏住笑，否则没有效果。关门边的两个老兵，一下将我按在大门上，让我趴着，举着棍就打，还真打，一下，又一下。我立即大声反抗：我抗议，我要到敦煌郡守那里告状，你们滥打无辜！抗议无效！照打！终于在笑声中打完十棍，我出关。

哈，不断有笑声传来，应该是不断有人被"打"，大笑过后，一阵轻松。十点二十分，阳光正烈，阳关遗址呈现在我眼前。四周全是砂砾，粗细不均，一块立着的大石，上书四个红色大字，这些字需要足够的想象力才能还原那时的场景。前方是库木塔格沙漠，中国第八大沙漠，甘肃连着新疆。这沙漠也连着鸣沙山，再远处，就是阿尔金雪山，烈日下，一片白茫茫，不辨视线。阳关遗址的另一面高处，是汉武帝时代的一个烽燧墩，就是烽火台，四五米高，风蚀得厉害。整个敦煌，汉代的烽火台遗址大约有二十几处，长城大多已和沙土齐平，遗迹不多。长城和烽火台，瞭望与警戒，作用巨大，敌人来多少，距离多远，都有专门的信号报告，守军提前做好准备，犯敌有时也会望烽而止。进和退、守和挡，都由利益决定。

精彩镜头，穿越大唐时空，自天倏然而降。一千三百多年前的阳关，这一场盛大的欢迎仪式，一直激动人心。

唐玄奘自玉门关偷渡出去后，已经整整十八年，他用双脚丈量过一百多个国家，遥想当年出关，五天四夜没有水饮，却奇迹般穿过八百里沙漠，所受的苦远超《西游记》中那个骑白马的唐僧。今天，贞观十九年（公元 645 年）四月，他从阳关返回大唐，大唐如今已是贞观盛世。李世民下令，敦煌吏民，全体到阳关迎接唐玄奘。你可以想象，当时的场景，万民夹道，人们嘴里不断喊着玄奘的名，挥臂高呼，神情振奋。而玄奘带着随行人员，一扫往日的疲惫，容光焕发，他的神情坚定而自信，因为长长的驼队上，有驼着来自印度的 657 部经卷，那可是大唐的精神食粮。

今年四月，我重登西安大雁塔，重新感受唐玄奘西域取经的伟大精神。他已经不单单是一位高僧了，一部《大唐西域记》，足可显示他是伟大的探险家、外交家、地理学家。印度史学家阿里如此赞誉玄奘：如果没有玄奘的著作，重建印度历史是完全不可能的！

从欢迎唐玄奘回大唐的队伍中闪回，我们到了阳光镇。阳光地处阳关遗址，三千多人口，镇里有大片的葡萄园。中午，我们在疏勒村的一个葡萄庄园用餐，满架绿叶交叉掩映，成串葡萄粒粒诱人。阳光满天满地，敦煌的阳光日照时间长，葡萄特别甜心，品种多，也便宜。

阳关北去八十千米，就到了玉门关，关口公路上方有牌，杨昌浚的诗显眼地挂着：新栽杨柳三千里，引得春风度玉关。嗯，这玉门关，不用多写了，一个小方盘遗址，断垣残壁上满是故事。你可以准备几盘李广杏干，拎一壶酒，喊上王之涣，随意找个地方坐下来，喏，就到小方盘前面那块湿地边上坐吧，有草，有水，有戈壁，有巨大的野骆驼，有狂劲的野马，当然还有伶俐的飞鸟。你们喝酒胡侃，烽火、汉简、大漠、孤烟，把天上的事聊到地上，把地上的事聊到云上。哈哈，羌笛早已不怨杨柳，春风也早度玉门关了。

你们慢慢聊吧，聊到长河落日，我要去看那些奇特的雅丹地貌了。

八、舰队司令

我写过斯文·赫定的亚洲探险，这位瑞典人，自十四岁起，就立下了走游世界的决心，他曾四次来到中亚，他的几本书中，都详细记载了考察的踪迹。

1899 年至 1902 年间，他第二次考察中亚，到达新疆的罗布泊地区，发现了楼兰古国，同时，他也发现，罗布荒漠中那些垄岗状残丘，面积巨大。它们原是河湖沉积物，河湖干涸，千万年的强风吹蚀，于是就成了千奇百怪的地貌，他将它们命名为"雅丹"。

现在，我们往雅丹地貌处深入，一站一站看，至第三站"西海舰队"，我直奔滑翔机而去。我要从高空往下俯瞰，做一回"舰队司令"，检阅那庞大的舰队群。

马达轰鸣，轻巧的滑翔机冲出几十米后，一下子将我从沙漠中腾空拎起。看见我的舰队了，它们排着长长的队例，一艘接一艘，大小舰紧紧相依护卫，舰与舰之间并不规则，舰的数量一下子无法看清，粗略概算，不少于几百艘，这应该是世界上最大的舰队了，联合舰群，气势无比。

"西海舰队"，不是铁甲胜似铁甲，它们黄色的舰身，自露出水的那天后，就一直以沙漠为港，千万年驻守着这片土地。起先，它们并不分离，它们是一个整体，西伯利亚刮来的强风，一天天、一月月、一年年，细沙飞走，粗沙也飞走，板结的砂岩全身却被强风吹得越来越结实，如同汉子被吹跑了衣物，只能光裸着身子对着大地，沐着月光，依然顽强地抵抗着强风，而它们（砂砾岩），最终组合成了蔚为壮观的联合舰群。

百来米的高度，其实并不算高，但这个视角视察舰队，我以为角度高度正合适，我可以比较清楚地看那些舰，激情涌起。我向它们挥挥手，不断地喊着：你们好！你们好！可是，它们并没有回应我，或许是因为检阅太匆忙，它们没有接到通知，或许是检阅的"司令"比较多，它们习以为常，任由你们巡视。

这样的舰群，让考察家赫定惊奇，也让我们所有的初见者、再见者惊奇，大自然的鬼斧神工，常常使人们的想象力疲惫不堪，百思不得其解。

沧桑和辽阔，气势和宏伟，联合舰群所呈现的许多地方，都独一无二。它们是地球第四纪演变的使者，它们也是大地的瞭望者，看天地人生我自岿然不动如山，它们要再活五千万年！

九、党河的早晨

鸡缓日（周六）的早晨，这一天的命名中有"鸡"，我却没有听到鸡叫，"鸡缓"，是鸡叫了五天辛苦，歇一天再叫吗？假如是，这样安排也太人性化了。阳光已经初照，空气中弥漫着别样的清新，要离开敦煌了，我必须去党河岸边走走，敦煌的水和草，我都特别喜欢。

党河，又称党金郭勒，是疏勒河的支流，敦煌的母亲河，河水主要靠冰川冰雪融化、泉水和降水，它是沙漠人的生命河。

岸东边的石堰墙上，绘有上百米长的敦煌壁画。壁画自然比莫高窟粗糙很多，但不妨碍人们对敦煌壁画的理解，在晴空下，这些壁画反而更一目了然，那些佛像日日对着来往的行人，不断地诉说着敦煌以及和敦煌有关的故事。

还有经典，也是长长的篇幅，从老聃到孔子到庄周，从《论语》到《老子》再到《庄子》，中国文化的精华散发出浓浓的经典气息，它们是中国人的精神支柱，和天地相辉映，千百年来都闪耀着动人的光芒。

党河中央，满河的清波，水静波平。要知道，这里是敦煌，假如在别处，在我们水网密布的江南，这样的水面，一点也不稀奇，而在这茫茫大漠中，水贵如油，这一河水，就特别让人兴奋，就如同看自己的孩子经过数年的奋斗，终于考取了一所好学校一样兴奋和自豪。

党河的远处就是鸣沙山，沙峰高高低低，错落间杂，在阳光下泛着黄色的光。那里不可能有湿润，那里终年阳光普照，那里一有雨水，立即会被榨干吸净，敦煌的年降雨量只有二三十厘米，江南地区一个小时就下足了。或许，也正是这样的干燥，才让莫高窟成了千年珍宝，然而，任何人都知道动植物和水的关系，看着眼前这一河水，真是让人感慨万千。

沙漠里其实是有不少河流的，吐鲁番沙漠深处，葡萄特别甜，原因就是喝了地下千百年的雪水。猫腰走进地下暗河参观，雪水透出逼人的寒气，你会感叹大自然的慷慨和吝啬同时存在，有时真的不可思议。我不知道敦煌的沙漠下面有没有地下暗河，即便有，这一河的水也是珍贵无比。

党河岸边，早锻炼的人群三三两两，看他们的神态和语气，大多数应该是敦煌本地的居民，皮肤深红透色，脸上淌着笑容。数千年的民族融合，你已难辨他们是谁谁的后代，他们的普通话，咬文嚼字，听了都挺舒服。

党河中央有一排长长的石墩，一块一块不大，但完全可以踏得稳健。我一步一步踩过去，我要到对岸去感受党河，那里有一个公园，我猜那些桂花树，应该有香味了，前几天我在运河边走动，那里的桂花味已经沁人鼻腔，醉醉的感觉。果然，那几株大的桂花树下，有几位老人在闲聊，我对敦煌的好奇，不知道是不是来源于写作的冲动，总之，我加入了他们的闲聊，哪怕几分钟也好。他们谈儿女家常，谈油盐酱醋，他们也谈丝绸之路，从他们的话题中听得出小城的闲适，也听得出这里并不偏僻。

前天从阳关回敦煌的途中，我特地观察了路边的疏勒河，基本不见河水，是的，要在沙漠和戈壁的河流中看见水，真是太难得了。在敦煌的日子，我洗手洗浴的速度都非常快，我想许多人也和我一样，无须提醒的自觉，只是源于一种为他人着想的善良。

面对敦煌的博大而古老，自己时时显得浅陋和惶恐，唯有用身体去感觉，用灵魂去感悟，方得些许安宁，一切的一切，皆因为上苍留下的这一个厚重的名词。

2019 年 9 月敦煌归来

中秋初稿，国庆改稿。

花城四记

春天的诗，风在朗诵。己亥末庚子初，广州春之静美，花花世界，闲游四日，择事而录，为之四记。

一、六榕

黄州惠州儋州，苏轼的人生坐标。苏轼在儋州时，终老在此的想法，常常涌上心头，"余生欲老海南村，帝遣巫阳招我魂"（《澄迈驿通潮阁二首》），没想到，这都是他精彩人生的必需课程。公元 1100 年四月，朝廷大赦，苏轼又得以复任朝奉郎，北归，归北，苏轼一路行来，这就到了广州。

苏轼虽年迈体弱，游心却一直未减。逛过了广州最古老的越王井，古井不波，南越王赵佗早已远逝，他留下的广州城却是越来越繁荣了，苏轼又在东晋南海郡太守鲍靓所建的三元宫里烧了炷长香，并不是求什么，而是表达天地通达的意念。这一日，他又来到了市中心的净慧寺，这寺极有名，南朝刘宋年间始建，南汉王刘铱赐名"长寿寺"，高僧达摩也曾在此留宿过，宋太宗则赐名净慧寺。高高的八角形花塔独映蓝天，寺中花木扶疏，尤其是那六棵榕树，根深叶茂，枝权繁盛。看到生命力如此旺盛的榕树，苏轼心又有所悟，这榕树就是他的人生榜样，他常从细小入微中悟出和别人不一样的心得，于是欣然题下"六榕"，自此，净慧寺就成了"六榕寺"。

1868 年至 1875 年间的数年时光里，英国人格雷和夫人曾七次游览广州，后来，格雷将游览纪录成了一本书，《漫步广州城》（也译作《广州七日》）。一个风和日丽的午后，格雷夫妇穿过旗人集中居住的花塔街道，踏进了苏轼的六榕寺。他们仰望花塔，他们在榕树下避阳，他们详细了解六榕寺的历史，然后又进了领事府边上的小花园。园中长满了高高的榕树，绿树成荫，园中还有几头鹿，当他们得知，鹿是中国的吉祥动物时，一时感慨颇多。

己亥腊月廿四上午，羊城各式艳丽的水灵鲜花，已经将整个广州扮成了花的海洋，那些遍布街巷的榕树，树冠自由舒展，它们毫无疑问是城市花树的主心骨。我在越秀区旧南海县社区徜徉，这里以前是旧南海县的县衙所在地，这几日虽说是广州最冷的日子，可那些花，却一如阳春里展示出的情影，给人愉悦。广州城的设置，和别的州有一个大区别，从隋代开始，番禺和南海两县分治，番禺为东，南海为西。南海县衙曾多次异址，但辖区内的"旧南海县街"却一直保留着，这条街现在属六榕街道。

六榕街巷深厚的文化历史底蕴，自公元前 214 年秦始皇平定南越设南海郡，任嚣为南海都尉筑"任嚣城"就开始了。它犹如那大榕树，枝枝蔓蔓，让人眼花缭乱，这里就是广州的根、文化的根、地理的源。

从根源上找寻和我有关的联系，这会让我眼中的广州更加亲切。

将军府遗址，清代平南王尚可喜的府邸。这几天，我一直在写戏剧家小说家李渔，公元1668年暮春的一天，李渔就是应这位广东最高军事长官的邀请，到广州来玩。此行在别人眼里名为打秋风，他在尚府究竟筹得多少银子，没有明确记录，但就在此次南下途中，他完成了一生中的传奇——《闲情偶寄》的写作。我能想象出，当时尚可喜接待著名作家的场景，红烛交辉，觥筹交错，宾主一片融洽。然而，格雷夫妇来此参观时，眼前已成一片废墟，此前，这里曾是英法联军部队驻扎的兵营，不过，他们一定理解不了大清国的屈辱。

一幢三层红楼，墙角的小报童铜像将我的目光拽牢。报童背着挎包，右手高举卷着的一份报纸，左手握着数份报纸，短裤，对襟衣，分头，嘴里是高喊的样子。看到这尊像，影视中报童的形象似乎复活，他在卖什么报呢？

《大公报》《大公报》，七个铜板两份报！

《大公报》的临时社址就在这里。

自前几年开始，我一直在《大公报》的小公园版上开设《笔记新说》专栏，平时，常有文章发在周末的文学副刊，看到卖《大公报》的报童，自然像见到了《大公报》一样亲切。这是一张让人敬仰的报纸。1902年6月17日，《大公报》在天津诞生，报头由近代著名的思想家、教育家、翻译家严复题写，这也是中国历史上寿命最长的一份报纸，《大公报》现在依然在香港蓬勃发展着。我也是新闻人，《大公报》的张季鸾、王芸生、范长江、萧乾，皆为杰出的编辑记者。"二战"时期，中国唯一守在欧洲战场的记者就是萧乾，红军长征时，范长江深入西部，为广大读者展示了一张张坚毅的真实面孔。著名的作家，杰出的新闻人，都是我学习的楷模。

《大公报》这一处旧址，是1912年至1923年间租用的办公场所，三层红色小楼，里面还有个院子，这样简单的办公场所，你完全能想象出报纸初创时期的规模和艰难。眼前的三层红色小楼，是整个旧南海社区数百幢小洋楼中之一座。二十世纪初至三十年代，广州海外归侨集中购地开发六榕街一带。他们揣着从国外赚来的银子，在自己的祖地上盖起了心仪的房子，都是开过眼界的，于是，房子设计的各个环节，无不带着新技术的痕迹，带着洋气，但许多雕饰、窗花等细节，依然散发出浓厚的中国传统建筑意味。亦中亦西，一种别样的精致。这种中西结合，到了百灵路的三家巷，迅速勾起了一个久远的阅读体验。

我曾就少年时的阅读写过一篇《在饥渴中奔跑》，没有书读，能读到小说，那是一种奢侈。除了几部残缺本的古典名著外，印象中比较深的有现代小说《林海雪原》《苦菜花》《红日》等，欧阳山的《三家巷》，我甚是喜欢。走进《三家巷》展览馆，青春亮丽的周炳、区桃，仿佛从文字中复活。还有个笑话，读《三家巷》时，区桃，我一直读区（qū），当时还想，那么美的姑娘怎么姓区，怪怪的姓，就是没想到翻字典，直到大学上现代文学课，老师说那个区（ōu）桃，我还十分不习惯。现在，我站在区桃的前面，那个 qū 就直接冒了出来，不过，我不脸红，我只有敬佩，倒在屠杀者枪口下的区桃英勇无畏，绚烂如桃花。《三家巷》初版于 1959 年，六十年过去，现在重读，依然是好小说，它去年入选"新中国 70 年 70 部长篇小说典藏"，沙基惨案、省港大罢工、广州起义，这些足以影响中国革命历史的大事件，都被欧阳山巧妙地揉进三家巷周、陈、何几代人的瓜葛中，特别是三家巷的青年一代，出身不同，性格不同，救亡图存的目标却高度一致。街角榕树粗壮显眼，枝条横街任意东西，看《三家巷》浮雕群，小说中的一幕幕场景又艺术再现，行人三五成群，有的低头细读，有的蹲身拍照，复原历史是为了铭记历史，文学永恒。

惠吉西路 33 号，"长者饭堂"前，我们驻足。这是旧南海社区的老年食堂，我细看菜单，除了灼时蔬，周一至周五菜式完全不同，比如，冬菇蒸鸡、萝卜煮鱼松、土茯苓煲骨、虫草花蒸肉饼、罗汉斋、梅子蒸排骨、韭菜炒蛋、莲子百合煲猪骨、木瓜煲鱼尾，呵，你从菜名中就能闻出浓浓的广州香味，当然还有如榕树般的惠风和畅。

将军府遗址，紧挨着六榕寺，有一个六七米高的小土岗，一棵参天环抱古榕挺立。岗有一亭，亭中有一方墓碑，碑文为"故秦南海尉任君墓碑"，那是南越王赵佗厚葬广州缔造者任嚣的地方。苏轼的六榕，已经成十上百了，且粗壮环拱，根系发达。在中国南部榕树生长的地带，榕树凭着它那顽强的生命力和生长力，须变成根，根长出须，子子孙孙，又孙孙子子，它们迎风接雨，永远四季常青，叶茂枝繁！

二、亲爱的

一路赏着花市，再去黄埔军校旧址纪念馆怀旧，读着馆中八十年前两位烈士的家信，不禁情容深深动于心。

一封是赵一曼写给儿子宁儿的，此时，1936 年 8 月 2 日，她被押往开向刑场的火车，天气酷热，赵一曼的心里却异常冷静，她向看守要来纸和笔，给儿子写下了这封绝笔信：

宁儿：

　　母亲对于你没有尽到教育的责任，实在是遗憾的事情。母亲因为坚决地做了反满抗日的斗争，今天已经到了牺牲的前夕了。母亲和你在生前永远没有再见的机会了。希望你，宁儿啊！赶快成人，来安慰你地下的母亲！我最亲爱的孩子啊！母亲不用千言万语来教育你，就用实行来教育你。在你长大成人之后，希望不要忘记你的母亲是为国而牺牲的！

你的母亲赵一曼于车中

1936 年 8 月 2 日

展板的题目是：迟到二十一年的家书。这封信存在日军审讯档案中，直到 1957 年才被发现。31 岁的赵一曼正是如花盛开的好年华，虽然瘦弱，可她被俘时却是东北人民军三军一师一团刚强的女政委。为掩护部队，她腿部负伤被俘，受尽日军折磨，最后时刻，她最放心不下的，就是唯一的儿子。

赵一曼短发夏装，抱着宁儿坐在藤椅上，并没有露出明显的笑容，安静安详，也许，在她心里，有许多大业尚未完成，即便是最亲爱的孩子，她也没有多少时间陪伴，更没有千言万语教育孩子。这位黄埔军校武汉分校第六期的学生，也是军校的第一位女生，在革命的征途上，英姿勃发，她只用实际行动来证明自己坚定的信仰。

另一封是左权将军写给妻子刘志兰的，此时，是 1942 年 5 月 20 日夜晚，和风习习，山村暂时安静下来，临睡前，左将军在昏暗的油灯旁写下此短笺。五天后，左权被日军炮弹击中，壮烈牺牲。

志兰！亲爱的：

别时容易见时难，分离二十一个月了，何日相聚？念、念、念、念！愿在党的整顿之风下，各自努力，力求进步吧！以进步来安慰自己，以进步来报酬别后衷情。

我曾经看过左权将军女儿左太北编的《左权将军家书》，大多是左权在战斗空隙匆匆而就，有的信甚至只有寥寥十几个字，但字里行间显现的真情，皆饱满丰富。这封信中的四个"念"字，一读再读，眷恋和憧憬之情透过纸背。

信的展板边上，是左权和妻子、女儿的合影，左将军和夫人都面带微笑，女儿还是婴孩，妈妈抱着，她举手冲着镜头。1940年8月，抗日战争已经进入最艰苦的阶段，山西武乡县砖壁村，八路军以此为根据地抗击日寇，不过，左将军全家的合影，和那家信一样，都表现出了浓郁的家国情怀，以及必胜的满满信心。

左权的家信，因邮路严重破坏，大多是托人带到延安的，有时一两个月，有时长达四五个月。你不由得感叹，烽火连数月，家书真是抵过万金。

走出黄埔军校纪念馆旧址的大门，暖阳映照，心情从沉重中转向舒畅。院子里的两株大榕树，乃军校建校时栽，虽经日军飞机的数次滥炸，如今依旧繁荣昌盛，它们盘根错节，枝枝蔓蔓，浓蔽成荫，树枝上挂着不少成串的大红小灯笼，一切都是迎春的细节，热烈而奔放。

那两封久远家信散发出的浓郁情感，数月来，我一直时时回味。

亲爱的、亲爱的儿子、亲爱的女儿、亲爱的妻子、亲爱的母亲、亲爱的人们、亲爱的祖国，你们都要好好的！

嗯，亲爱的，你们放心，我们都好好的，我们必须好好的！

三、通草画

十三行，这个名词，在我阅读的中外典籍中经常出现，它是清政府指定开放的对外贸易的商行，1757年，清朝实行"一口通商"，清政府靠广州十三行和外国人做生意。十三行独揽中外贸易八十五年，那些洋货，由此地进入，中国的丝绸、茶叶、瓷器，从此涌向世界各地。

十三行博物馆，坐落在荔湾区的广州文化公园内，这里就是两百多年前十三行的旧址。图版影像，各种陈列柜，中国的外国的，眼花缭乱，仅儒商王恒、冯杰夫妇无偿捐赠的1566件藏品，你几天也看不完。他们捐赠的藏品中，瓷器占三分之一，刺绣、象牙扇、银器等二百多件杂项，百余件家具，还有三分之一数量的通草画。在我看来，十三行的历史，不仅是一段简单的商业贸易史，也是一个朝代的兴衰史。

五颜六色、立体感极强的通草画，我第一次开了眼界，两个多小时，我一直沉浸在通草画的世界里。

通草，别名大通草、通花、方草，其实它不是草，而是一种小乔木，学名通脱木。中国南部的广大地区，向阳的山坡上、屋旁、路边、杂木林中，都有它们的身影，叶片大，有点像路边常见的八角金盘的叶子，开白色的小花，大部分身高在一米上下。它圆柱形的茎髓，空心，直径几厘米，高几十厘米，质松软，有弹性，易折断，这就是通草画的主要原料。

通脱木，其实很早就为我们的先民所识，不过，以药用和装饰居多。宋代类书《太平广记》第406卷中就有"通脱木"记载：

> 通脱木，如蓖麻，生山侧，花上粉主治恶疮，如空，中有瓤，轻白可爱，女工取以饰物。

不知道是哪位画家发现了它可以作画，显然，这也是一种新创造。不过，中国人直接利用树皮或者树叶写字的故事，早已不新鲜。宋代洪皓出使金国被扣十五年，他依然教当地百姓学习儒家经典，他用的教材就是自编的，在桦树皮上写《论语》《孟子》；元朝陶宗仪写笔记《南村辍耕录》，据说也是先写在树叶上，再埋在树根下的破瓮里，数十年后学生挖出整理而成，当然，我们很难体会陶宗仪写作的艰辛，他一边劳作一边写作。

那么，这通脱木怎么成了通草画的纸了呢？陪同我们参观的李黎女士，荔湾区的党委宣传部长，她原来就负责筹建这个博物馆，馆里的一点一滴都在她心中。李黎介绍说，人们砍下通脱木，将茎髓切开展平，再用锋利的刀切成如纸般的薄片，略为晒干，就是作画的纸了。我仔细看展柜里的通草片，和一般的宣纸相比，通草片肥润莹白，拙朴俊秀，隔着厚厚的玻璃，甚至都能闻出它浓郁的山野气息。

几百幅通草画，一路欣赏过去，大致能看出一些道道。艺术说不上非常精致，但应该是那个时代的一种特别反映，既有西洋油画的逼真写实，也有传统中国画的审美写意，它是两种艺术的有机融合，难怪外国人喜欢得很。观通草画，我一下子想到了南宋周密的笔记《武林旧事》，那是一个南宋遗民对南宋的美好回忆，许多都是条例或者名词式的罗列，但正是新闻记者式的直录，让人读到了一个鲜活而真实的南宋。而我眼前的这些画，如周密的笔记一样，基本上是当时广州城的市井百态，只是，它们是图像，零碎的，但外国人正是通过这些形象的画面来认识当时的中国。

见我和储福金兄特别痴迷，李黎嘱人送来了由她主编的《十三行文化遗产丛书》之通草画专册，我们这就对通草画的今世前生更加心中有数了。十三行博物馆藏的通草画共有502幅，全部为王恒、冯杰夫妇捐赠，但它们只是当时广州通草画产业的一个缩影而已。清朝晚期的珠江两岸，至少有三千多人在从事通草画产业，有一部分是中国画家、画师自己的创作，还有大量订单来自海外，也就是说，这通草画，犹如那些瓷器、丝绸一样，都是国外的抢手货，订单源源不断，这就促进了一个产业。眼前的通草画，分线描画和水彩画两类，题材五花八门，主要有人物类、屋景类、海事类、生产类、风俗信仰类、市井行当类、戏剧表演类、刑罚类、花鸟虫鱼类等，目不暇接。

据王恒先生介绍，馆里的线描画只有60幅，但相当珍贵，是他花大价钱从国外购得的。这是上色前的画稿，均为市井行当，有人推测，它极有可能是某个画行的样板画，做门店广告用的，客户想要什么类型，指一指，他们就可以照单画出。行当，自古以来就是中国人生产生活的一个重要侧面，它们的演变和消亡，可以读出社会的真实程度，笔记里的各种行当，我一向感兴趣，眼前这六十个行当，一一细看。

捞鱼、卖竹笋、钓鱼、煨鸭仔、柴佬、剃头仔、西洋景、妓妇、做锡器、卖碎皮、卖黄牙白（菜）、卖什物、卖靴、做白铜器、补瓷器、看风水、补遮（伞）、打包、卖棕绳、卖木鱼书、卖茶壶、凤阳婆、买办、陶地砂、卖蒲团、卖梳篦、整木、油漆、整菩萨（做佛像）、淹牛皮、磨面、卖苏货、整袜、车烟干、挑网（制造或缝补渔网）、卖豆腐花、整蚊烟（做蚊香）、打铁、窄香（榨）、编竹箩、打磨（石匠）、裁缝、卖毛毡、压布、卖萝白蒜、卖席、烘烟干、卖羊肉、掘茶地、落茶种、赖茶、择茶、摘茶、剪茶、茶饼、西茶、炒茶、樫茶、看茶、舂茶。

边看边议，大家七嘴八舌。两百多年后的今天，差不多百分之八十以上的行当，还以各种方式存活着，因为这些行当，大多连着人们的衣食住行。捉鱼的，钓鱼的，挑着担卖新笋的，田园的，乡土的，泥土气息扑面；一群孩子抻着脖子，将西洋景围得紧紧的，这个洞眼里的景象太好玩了，会跑会动，会叫会跳；现在的一些古街古镇，打银打锡打铁，卖靴卖壶卖席，什么都有，皆为手工精心制作，当然，卖碎皮不行了，这个行业马上要消失，各种动物皮毛，虽好看，却违反了《野生动物保护法》，以后一律禁止；看风水，明的没有，暗的不少；木鱼书，又叫摸鱼歌，是南方弹词，广东地区流行，就如浙江的绍兴戏，现在估计只有旧书摊上才有可能见得到，其实应该大力恢复倡导；凤阳婆，跑江湖的凤阳女子，谋生多么不容易呀。茶是一个完整的系列，挖茶地，选茶种，然后"赖茶"，看画，是一个茶农拿着长勺在施肥，旁边还有两只粪担，赖是依恃种茶为生吗？或者从茶中得到好处？不是太明白；如果说"赖茶"是浇肥培养，那么择茶、摘茶，就是采摘它的成果了，然后是"剪茶"，修剪茶树；西茶乃筛茶，檡茶，这个"檡"字有三个音：shì、tú、zhái，我不知道读什么，看画中女子仔细的眼神和动作，应该是zhái，包装出售以前，将焦叶、枯枝全部挑出；最后两幅是看茶、舂茶，前一幅是男子面对一簟箩摊开的茶叶，手抓一把，正认真辨别，极有可能，他是做收购买卖的老手，闻香观叶辨色，就能知道茶叶的品质，后一幅舂茶，男子双手握着长木杵，在石臼里舂茶，是按国外商人要求做成茶饼吗？完全可能。想起来了，我去云南德宏州的瑞丽，景颇族倒是有一个舂茶的习俗，青年男女结婚时，夫妇两个握紧木杵舂碎茶叶，只舂十下，然后加入鸡蛋、姜蒜、冲泡成茶，寓意美好的生活。

彩色通草画，给我们展示的是一个光鲜而亮丽的世界，即便那些内容有明显的时代特征，也都趣味横生。

1870年左右，广州怀远驿街，有一家叫"永泰兴"的画铺，应该是当时广州城规模比较大且专业的通草画行。它的一份广告词上，标明了可以承接制作三十种题材的画作，比如：帝国官员的服饰，富人从生到死的快乐生活，文武科举考试，鸦片吸食者的一生，外国人广州游指南，中国神话中的天使和先知，丝绸织造和养蚕，茶树种植和茶叶贸易，中国戏剧，新年灯会，女乐师和歌女，农业生产图，火灾、灭火器和救火方式，古代美人图，等等。看这些广告内容，你就会发觉，文化的交流，人们对世界的认识，真是一件非常奇特的事，在此国习以为常的事，到了彼国就成了西洋景，而彼此双方，无论官员、士人还是百姓，都想看看对方，彼地到底有什么样的景象？彼地的人们和我们一样生活吗？古埃及的安东尼曾指责那升起的太阳打扰到了他的祈祷，而北极圈附近的因纽特人在接触到大批白人之前，他们一直以为自己所居住的地方就是世界的中心，非洲人从来都相信神仙是白色人种，而广大的中国人，几千年来都认为，大地云端之上，有天堂，那是神仙居住的地方，大地九泉之下，有冥府，各种鬼神精怪集聚。文化的交流，会有数种结果，融合、排斥、割裂、部分融合、部分排斥、部分割裂，各种结果，均不同程度地贯穿于中国几千年的对外交流历史中。新颖而轻盈的通草画，舞动着美丽的双翅，从十三行出发，它们是中国文化交流的漂亮天使。

素色的，鲜艳的，各色画面，看似静止，其实只要细心，就能听到通草画们的呼喊，鼎沸嘈杂的交易声，雷电交加的轰鸣声，雨打芭蕉的劈啪声，狂风掠草的呼啸声，痛苦万分的哭叫声，一一沾在纸背。十八世纪以后的南中国广州十三行，只是清政府推开的一扇半透明的窗户而已，它面朝大海，飞鸟和虫子都想钻进来，而随后挟带进的就是一场场旋风，那扇窗已经抵挡不住令人窒息的强大气流，最后在一阵坚船利炮的轰鸣中，颓然倒下。

博物馆里仅有的通草茎髓和通草纸两份标本，由广州市越秀区广中路小学提供，我很想去参观一下，那里，一定有不错的传承。

四、陈氏书院

走南跑北看过不少书院，广州的陈氏书院，是我见过规模最大、最精致的。

说是书院，实为祠堂，南方常见的合族祠，为什么不叫祠堂叫书院？历朝政府向来不提倡家族势力的壮大，什么东西大了，都不好管理，如果几千上万人，甚至数十万上百万，他们都结成一个团体，不加控制，就会野蛮生长，尾大不掉。

宋代文莹的笔记《湘山野录》卷上，恰好有一则陈姓大家庭，我想先说一说。

南唐时代，五代同堂的一共有七家，先主李昪都给他们发锦旗表彰，并免征他们的劳役。江州（今江西九江）陈氏一家，最为典型。这是唐代元和年间给事中陈京的后代，老老少少加起来，一共有七百多人。陈家没有仆人，不养小老婆，上下极为和睦。凡是起居漱洗、穿衣晾衣、男女教育、婚丧嫁娶，总之，吃喝拉撒，衣食住行，一律都有规章。吃饭的时候，大家一起坐着，捧着饭，集体吃，没有成年的小孩子则另外坐。陈家有狗百余只，喂食时，都放在一条大船内进行，一只狗没有到，其他狗都不动一下嘴。陈家还建有私立学校，各地的读书人都可以来读，都会提供食宿，江南一带名士，好多都毕业于陈家大学堂。

陈家的规矩，通过狗食这个细节，表现得淋漓尽致。是什么支撑着这个大家庭多年而不散？一定有一根精神主线，这根主线就是规矩，继而演化成强大的精神内核，严格执行，绝对不能逾越，于是代代相传。所谓家国，家也同国，治理靠内在驱动力。宋史上记载，陈家唐代就很有名了，他们创造了332年不分家的全球记录，宋太宗赐有对联：三千余口文章第，五百年来孝义家。也就是说，陈家最兴盛的时候，有3900多人。宋嘉祐七年，宋仁宗出于统治的需要，强行将陈家拆分，一共分为291家，于是散到了全国。如果不拆分，陈姓就是一个王国，连皇帝的家族都无法与之抗衡，哪朝皇帝都害怕。

我不知道广东的陈氏是不是291家中的一家或几家，如果有，那正好可以作陈氏书院的某种注脚。

现在，我就站在陈氏书院大门前的广场上。

眼前的书院，以我这个角度看过去，就是一个结实而敦厚的举重运动员，他往赛台上一站，两脚坚实有力，扎步在大地上，粗壮的双手，轻松握杠平举，让人寄予胜券在握的希望。这个比喻显然不是很贴切，只是，暖阳下的书院真得给我一种足足的信赖感，只眼前这个头门，就让我看得五色目迷：两只大石狮威严，它们都蹲卧在精致的雕花石基上；大门左右，有硕大圆面石鼓，石鼓的基座上，分别雕有"日神"和"月神"；大门的门板上，两位威武门神站着，不知道是不是神茶和郁垒，或者就是秦琼和尉迟恭，他们全身披挂，左右持械迎面挺立；两门神的腰部位置，铜铸辅首门环，左右龇牙咧嘴；青灰色的墙面，青砖光滑壁立；门廊石柱，精干而坚强，石柱础下也有精细的雕饰；头门南向东侧梁架上有大型组雕"曹操大宴铜雀台"，南向西侧梁架上有大型组雕"践土会盟"。瓦面几何排列而紧实，檐角飞翘，各自伸展向蓝天。

广东的祠堂建筑，我有两个深刻印象，一是有不少结实而尖锐的蚝墙，异样的南国风光；另一个是屋顶上各类栩栩如生的陶塑和灰塑。陈氏书院头门及内里建筑屋顶上那些脊饰陶塑和灰塑，就是一次艺术的集中大展示，艺人们以非常大胆而创新的方式，将陶塑和灰塑安置到建筑顶部，将这里称作建筑工艺博物馆，也毫不为过。

陈氏书院脊饰陶塑和灰塑，和十三行博物馆中通草画的内容一样，驳杂而广阔，历史故事、民间传说、瑞兽珍禽、花草虫鱼、山川风物，主体大多来自中国传统文化，人们如此精心制作，目的很简单，祈愿和祝福。当然，这里面几乎包含着塑艺人的全部心思，看看，子孙万代、花开富贵、祥瑞平安、武王伐纣、东方朔捧桃、智收姜维、书字换鹅、太白醉酒，不仅寓意经典，制作精良，场景还甚有趣味，看的人欢喜不已。

清光绪十四年（公元1888年），陈氏书院开始筹建，五年后落成，它其实是广东72县陈姓的合族祠，主要供广东陈姓子弟到广州参加科举考试读书生活所用，每年的春秋两祭，是陈姓家族的盛大聚会日，观者如堵。废科举后，这里办过各种学堂，1988年，列为全国重点文物保护单位，现为广东民间工艺博物馆。

如我前面的笔记所言，政府不希望宗族势力强大，但在百善孝为先的中国，祭祀祖先，无论官方和民间，都极为重视，如此，祠堂就像雨后春笋般在各地兴起。明末清初，宗祠建筑，在珠三角地区已经非常普遍，"其大小宗祖弥皆有祠，代为堂构，以壮丽相高，每千人之族，祠数十所，小姓单家，族人不满百者，亦有祠数所。——岁冬至，举宗行礼"（屈大均《广东新语》卷十七《宫语》）。这大约就是陈氏书院建设的大前提。陈氏书院的出现，还有若干个小前提：到广州参加科举考试的士子不断增加。清同治二年（公元1863年），广东贡院的号舍，已经增加到八千六百五十四间了，依然不够，考场紧张，说明来考试的人多，而这些考生，考试前后，必须要吃住。还有，广州是广东的中心，全省各地来此办事的人也特别多，官做着做着就调省城了，候任要找地方暂住，官司打着打着，不小心就打到了省城，生意做得大的，也想到省城发展。各种原因都是宗祠的催生者，陈氏书院就在恰当的时候诞生在了岭南这片土地上，一时成岭南第一。

走进陈氏书院，布局严整，廊庑相连，庭院相隔，空间宽敞，到处都是精美绝伦的装饰，建筑物上的各类雕刻，每一组都如一本书，可以延展阅读，郭沫若有诗赞曰："天工人可代，人工天不如。果然造世界，胜读十年书。"连郭这样的大家都直呼开眼界，可见陈氏书院的博大精深。一点五万平方米的总建筑，将陈氏的繁荣兴盛写在了各种形象的细节上。

我在一张发黄的《陈姓书院地图》前伫立，此图是为了方便省内各地陈姓族人前来书院而作，从陆路或者水路，到陈氏书院这样走，一清二楚。它还画出了全国地图，并标明北京至各省的里程数，我特意看了看广州，五千柒百拾伍里，好远呀，再看了看杭州，叁千零叁里。哈，这么细，现在，2020年3月29日上午11点30分，我在高德地图上输入目的地北京天安门广场，从杭州拱墅区左岸花园出发，1268.9公里，预计明天凌晨2:13到达，不吃不喝不歇，自驾需要时间14小时38分。书院地图上为什么如此标呢？显然，陈氏书院想吸纳更多的宗亲加入，或者，它在告诫广大的陈姓士子，好好努力吧，青年人，争取到北京城参加会试殿试！

国家由各种不同的细小分子组成，文化亦如此，陈氏书院就是那细小的分子。

陈氏书院右边进口处，一株硕大的古榕树，枝杈交护，叶叶相盖，正勃发着浓郁的南国气息。

第二卷　随笔抒

《霓裳》的种子

白居易的《琵琶行》，我滚瓜烂熟。

"老大嫁作商人妇"的琵琶女，"江州司马青衫湿"的白乐天，这一对"同是天涯沦落人"的苦命人，因一夜相逢，谱写下了中国音乐史上的著名篇章。

我一直在古代笔记中蜗行，野史音乐笔记的点点细迹，犹如绵长的琴声，不断撞击着我的心灵。以《霓裳》和《六幺》两首唐朝大曲为引，耕云钓月，草蛇灰线，古今勾连，采珠而成。

一

这几天，白乐天的心里，颇不宁静。

几个好朋友，千里迢迢来江州探望他，说了无数安慰话，喝了多少坛醉米酒，自然，诗也做了不少。今晚，就要送走他们了。

浔阳江边，枫叶，荻花，秋瑟瑟，送别场景也有点让人伤感。

还得再喝一回，必须喝，以后不知猴年马月能聚首啊。

朗朗清夜，月挂中天，满地寂静。一阵江波涌来，时而哗哗，激荡着船舱舷板。远处，山鸟偶尔几声尖鸣，划破夜空的寂静，想是在互相求偶，或者子女在寻找母亲。

来来来，酒上来，菜上来，诗人们的分别酒，酒里满是愁绪，大家一杯接一杯，酒话一箩筐一箩筐地讲，你说我醉了，我说你醉了，对影成三人，没醉没醉，再喝。白乐天心里，确实有点缺憾，这样的场景，要是再来点音乐，那就太好了，可是，浔阳地僻无音乐，终岁不闻丝竹声，即便有，也是呕哑嘲哳难为听。

罢罢罢。酒是喝不完的，朋友总要告别，我们就此别过，各自保重！

忽闻水上琵琶声。

奇迹出现了。

这琵琶声，犹如晴空里传来的仙乐，让人耳朵顿时通亮，也深深击中了诗人枯干的心灵。白乐天握着朋友的手，忘记了放开，嘴里连声喊着：这是哪里来的仙乐啊，哪里来的仙乐！

许是喊声惊动了弹奏者，琵琶声停了下来。

这一晚，浔阳江边，也没几条船。寻声暗问，一下子就找了演奏者。

此时的白乐天，心情大好：来吧，朋友，添酒，回灯，重新开宴！我们一起欣赏如仙乐的琵琶。

接下来的场景，就是千年传诵的著名经典了。

著名琵琶手的高水平演奏，我们可以从几个层次解读。

强大的气场。

转轴拨弦三两声，未成曲调先有情。犹如序曲，正式演出前，演员抱着琵琶，先正正音，然后，轻捏小拳，优雅挥空，五指依次快速在琵琶弦上走一下，当当当，当当当，只几下，就将观众镇住了。她是在试音，却又是定调，一听就是皇家歌舞剧院的专业高手。

娴熟的技艺。

白乐天对音乐也颇有研究。他笔下的琵琶手，从转轴拨弦开始，技术臻美。有拢，是轻轻地拢；有捻，是慢慢地捻；有抹，来回快速如走泥丸；有挑，纤纤细指跳跃拨弦。常常是，拢捻抹挑，交错进行，变换无穷，那四根弦，在琵琶女手里，就是她的千军万马，随时听她差遣。

臻美的效果。

白乐天笔下的琵琶手，已经成为琵琶行业的顶尖标杆。她演奏所达到的那种境界，成为中国古典音乐史的典范。从修辞上讲，白乐天用通感的手法，打通视觉和听觉，使转瞬即逝的声音，成为刻印在人们脑子里永远的线条。而如此丰富多变的声音描写，也绝对是文学史的空前。那琵琶声，如急雨，如私语，如大珠小珠落在玉盘，如夜莺叫着从花底滑过，如汩汩暗泉在冰下流动，如银瓶突破水浆迸裂，如铁骑突出刀枪相鸣，还如用力撕碎的那一声布帛！

丰富的感情。

无论哪种艺术，高手与低手，区别大都在表情达意上。

白乐天笔下的琵琶手，她的琴声，始终都饱含着思想，她的所有人生感悟，都在弦上表现出来。未成曲调，已先有情，弹到后来，弦弦都在掩抑，声声都在思索。

琴弦抚不平心情，琵琶女是情感大爆发？琵琶女的身世，触动了白乐天自己的际遇？琵琶声触动了白乐天对人生对官场的思索？都有，你中有我，我中有你，一个情字，串起了整首《琵琶行》。

女琵琶演员自述的经历，让白乐天一行，感慨无限。

一个京城女孩子，十三岁的时候，就从唐朝国家音乐学院毕业，琵琶技艺已经达到最高级别。她不仅拿到了证书，她完全凭的是实力，曾参加数次全国性的演奏大赛，她的技艺，那些琵琶大师，统统都打了满分，这是我们唐朝难得的音乐人才啊。她每每出场，总让其他的女演员，羡慕嫉妒恨，绝世美女啊，要貌有貌，要才有才。

自然，她的身后，追求的少男，或者富豪们，排成排，站成行，一场演出下来，收到的鲜花无数，打赏的银子也让人眼红。男人们争着请宵夜，酒喝到尽兴处，常常洒得漂亮的罗裙都是酒迹斑斑。

这样的生活，醉生梦死，真是让人忘记了年纪。不知年月地疯，一年又一年，好日子终于到头，容颜不长驻，逐香的人们，又去绕别的花了。门前冷落，车马稀少，所有的好日子，都成明日黄花。

这场酒喝到最后，这场演奏会开到最后，琵琶手也为白乐天一行所感动了。她也有很多感慨，天下很多人的命运，其实是相似的，无论是官，是民，还是乐手，都有各自的苦衷。同是天涯沦落人，看，这位文质彬彬的江州司马，酒一直在喝，眼泪一直在流，他厚厚的蓝布衫，已经湿了一大块。

二

整首《琵琶行》中，琵琶手弹奏的曲子，有名称的只有两首，"初为霓裳后六幺"，一首是《霓裳》，一首是《六幺》。

即便，琵琶演奏到最后，"莫辞更坐弹一曲"，白乐天也没有写弹奏曲子的名称。

现在，我们来说说这两首有名称的曲子。

它们都是唐代大曲，所谓大曲，往往是歌、乐、舞三位一体，连缀融合的综合艺术。它一般由散序、歌、破三部分组成。

唐代崔令钦的笔记《教坊记》，详细列举了当时流行的四十六种大曲名称：

踏金莲　绿腰　凉州　薄媚　贺圣乐　伊州　甘州　泛龙舟
采桑　千秋乐　霓裳　玉树后庭花　伴侣　雨霖铃　柘枝　胡僧破
平翻　相驼逼　吕太后　突厥三台　大宝　一斗盐　羊头神　大姊
舞大姊　急月记　断弓弦　碧霄吟　穿心蛮　罗步底　回波乐　千春乐
龟兹乐　醉浑脱　映山鸡　昊破　四会子　安公子　舞春风　迎春风
看江波　寒雁子　又中春　玩中秋　迎仙客　同心结

"绿腰"就是"六幺"。

每一种曲，都有不同的来历和故事。

先说《霓裳》。

《霓裳》，全名《霓裳羽衣曲》，这，一定要先说唐明皇，李隆基。

他是此曲的创造者。

唐明皇游月宫，谁带领？有申天师、洪都客，有罗公远，还有叶法善，最著名的当数天师叶法善。

道教作为大唐国教，法曲自然是主旋律。

宋人李上交的笔记《近事会元》，卷四《霓裳羽衣曲》中，有关于此曲的来历：

　　唐野史云，明皇开元中，道人叶法善引上入月宫。时秋，上苦凄冷，不能久留。回于天半，尚闻仙乐。及归，但记其半曲。遂篴中写之。会西京都督杨敬述进《婆罗门曲》，与其声调相符，遂以月中所闻，为之散序，因敬述所进为曲身，名《霓裳羽衣曲》也。

虽是野史，情节却相当完整。

开元年间，唐明皇由道士叶法善引导上天，进了月宫。月宫的秋天，天气清冷，在这样的环境里，凡人是不能久待的，但是，月宫中仙乐阵阵，让人飘浮，如在梦幻。返回途中，隐隐的仙乐仍在耳边回荡。等回到人间，只记得半只曲子，赶紧找纸笔记下来。巧的是，西京都督杨敬述，这时向唐明皇进献了一首曲子。音乐专家李隆基一看，声调和在月宫中听到的差不多，于是，就将月宫中听到的作曲子的序，杨敬述进献的作曲子主体部分，两部分合在一起，起名《霓裳羽衣曲》。

但还有另外几种说法。

比如，宋代乐史的传奇小说《杨太真外传》这样记载：霓裳羽衣曲者，是玄宗登三乡驿，望女儿山所作也。故刘禹锡有诗云："伏睹玄宗皇帝望《女儿山诗》，小臣斐然有感：'开元天子万事足，惟惜当时光景促，三乡驿上望仙山，归作《霓裳羽衣曲》。'"三乡驿者，唐连昌宫（洛阳宜阳县的离宫）所在也。

宋代王灼的笔记《碧鸡漫志》卷三这样判断：

《霓裳羽衣曲》，说者多异，予断之曰，西凉创作，明皇润色，又为易美名，其他饰以神怪者，皆不足信也。

不管哪一种说法，《霓裳羽衣曲》，都是一种糅合性的创作，它沾着仙气，犹如仙乐。

这一下，中国音乐史上著名的曲子诞生了。

有诗为证。

《全唐诗》中，"霓裳"这个词，出现过一百多次，其中，至少有六十多次，直接写到这部大曲，有说来源，有说曲调，也有说结构，还有说配器，涉及方方面面。

唐明皇，唐玄宗，李隆基，历代帝王中，他的音乐才能和多情种子，数一数二。

三

宋代沈括的笔记《梦溪笔谈》卷五《乐律一》，让我知道了李隆基多情的源头。

唐玄宗打得一手好鼓，这种鼓叫羯鼓。羯鼓的特点是，透空碎远，和一般的鼓极为不同，它可以独奏。沈括研究认为，唐代的羯鼓曲，比较著名的有《大合蝉》《滴滴泉》等，但都差不多失传了，到他这个时代，几乎没有什么人会这个了。他这样写：唐玄宗和李龟年（唐代著名音乐家）讨论羯鼓时，透露的一个细节说，他为了练习打羯鼓，打坏的鼓杖，有四柜子之多。

在我知道李隆基是打鼓高手之前，我对他的印象主要有以下几点。

运气十分好也十分坏。十分好是，靠他太爷爷、爷爷和父亲的积累，唐朝到他这里，已经非常强盛，这不是他水平高，而是他运气好。十分坏是，唐朝的由盛而衰，也是他造成的，最后仓皇出逃，场景非常凄惨。派出前导官沿路安排皇帝的食宿，结果前导官和沿途的县令都撇下皇帝不管，逃得无影无踪。再派使者征召其他的官吏与民众，也没有一个人响应。到了中午还没有饭吃，杨国忠只好自己去买饼给他吃。还是老百姓善良，他们看到皇帝如此悲惨，就来献食，虽然都是粗粮，但皇孙们却一抢而空。

器重宦官。他曾经这样说，没有高力士在他身边值班，他都睡不好觉。于是，从他开始，一大批宦官得到任用。这样的结果就是，高力士甚至代替唐玄宗阅读天下的奏章，小事就直接处理了，大事才向他汇报（谁知道高会瞒下什么大事呢）。

乱伦高手。杨贵妃原来是他儿子寿王的妃子。他想尽办法把儿媳弄到自己的床上，过程就不去说了。"脏唐"里，他的"功劳"不可磨灭。奇怪的是，他为什么会下这么大的决心？费如此大的周折？做这种事情，真要下点决心的。原来，杨贵妃除美貌以外，还有特别的天赋，就是通晓音律，唱歌跳舞样样拿手，这一点，与爱好音乐的李隆基兴趣十分相合，自然是三千宠爱集一身了。

好了，说这些印象，你就可以看出，这个李隆基平时大概在干些什么了。因为这样的素质，你还想让他学习唐太宗？看来，唐太宗的一系列忧虑都是白费了，他的子孙比他潇洒。他的兴趣在音乐和泡妞等享受上呢！

于是，我们可以设想。

李隆基第一次看到听到这个羯鼓，就异常激动，这个东西能表达他的心声，能让他放松，能让他达到想要的理想境界。俗话说了，兴趣是学习之母，兴趣会给一个人带来无限的动力！他初试牛刀，竟然博得满堂喝彩，于是信心倍增，于是不断地打啊，打啊，有空就打，没空也要想办法挤时间去打。有一天，宰相姚崇来请示任用干部的事情，李隆基就懒得理他，不理他的理由是，你宰相就不应该把这么细碎的事情拿来烦我，什么事情都要我处理，那我还要你们宰相干什么？这说明，他早就知道皇帝只要抓大事就可以了，不必事无巨细都要躬亲的。但这个羯鼓不一样，这是我最爱。我有这样的特长，为什么不发挥出来呢？皇帝就这么任性！

我在清朝余怀的笔记《板桥杂记》中，还读到一则《教坊梨园》，他也写到了李隆基的这种音乐爱好，他基本上就是一个优秀的音乐学教授，既知音律，又酷爱法曲（道观所奏之曲）。《霓裳羽衣曲》就是法曲经典，他还选极漂亮女学生三百，在梨园亲自授课。

不幸的是，唐朝无与伦比的美好时代，就这样被他给打坏掉了。

喜欢羯鼓无罪，喜欢音乐无罪，但谁让他是皇帝呢？

四

说到李隆基的音乐才能，话题一下子多了起来。

他堪称唐朝第一音乐天才，动手能力极强。骊山有鸟名叫阿滥堆，叫声好听，他就将它的声音谱成曲，直接取名"阿滥堆"，左右皆能传唱。"至今风俗骊山下，村笛犹吹阿滥堆"（唐张祐诗）。

所以，他皇帝做得六七分，音乐才能却有十分，不仅鼓打得棒，戏曲学院院长做得称职，花脸也唱得好，还充分体现在对马的培养上。他能指挥人，将一匹匹野性十足的马，训练成中规中矩，听着音乐立即起舞的表演马。

公元 855 年，唐朝作家郑处海，他的笔记《明皇杂录》里，就有对舞马的生动描写。

四百匹从各地精选出来的良种马，被送进了宫中，还有塞外各少数民族首领进贡来的，品质都是一流。这些马来源杂，犹如电影学院招生，人数虽少，但全是行业拔尖级的。

这基本上就是一个超大型的舞马文工团了，这个团里，马是主角，人是配角，一切以马为中心。

每一匹马，都取有名字，靓仔、伟哥、帅小伙，全是好听的某某宠儿、某某骄子，宝贵得很。训练时，分成左右两队，各有指挥。随着旗帜的舞动，音乐的节奏，马们开始做起了简单的动作，由混乱到整齐，由简单到复杂，等练到整齐划一时，场面就显得十分宏大。

李隆基将自己的生日八月初五这一天，定为千秋节，呵呵，做梦都想千秋万代。节日那天，唐都长安，勤政楼前，文武百官和长安的百姓，都可以观看这场盛大的歌舞表演，人们似乎更都期待马们的精彩表演。

舞马就这样出现在人们面前：它们身上披着鲜艳的锦绣衣服，鬃鬣也用金银装饰，还要再配上一些珠玉小挂件，盛装赛过唐朝舞娘。

年轻，身材标致，穿着淡黄色衣服，系着有花纹的玉带，一队乐手欢快上场，著名宫廷音乐，《倾杯乐》响起，马们的表演开幕。

岔开下。《倾杯乐》，谁作的曲？难道仅仅是喝酒时的表演？喝酒都需要满杯大杯拎壶冲？喝酒喝得杯子都翻倒了？不管怎样，这样的音乐节奏，一定是强烈而欢快的，犹如现代劲爆迪斯科。

四百匹马，左右两列，昂首翘尾，踏着喜洋洋的节拍，绕着全场致意一圈。随着挥舞的旗帜，前后左右，马们不断变换着造形，俨然人的舞蹈。大唐山河，气象万千，物丰民富，安居乐业，哈哈，唐朝皇帝要的就是这种正能量传播！

忽然，中间精彩动作夺人眼球：

场地中央，三层板床抬上，一勇士骑着马快速跃上板床，在窄窄的板床上旋转如飞，东西南北中，勇士和马频频向人们致意；

一壮汉举起一张板床，蹲地，站稳，一匹马迅速跃上板床，在窄窄的板床上振首嘶鸣，东西南北中，如痴如醉。

整场表演有数个小时，几十个章节，集体舞蹈，自选花样，舞马们各显神通，唐人们尽情地饱着眼福。

安禄山也喜欢看这样的表演，但是不过瘾，看着看着，就想干自己的大事了。你奶奶个李隆基，凭什么我要给杨贵妃当干儿子啊，老子骗你们呢。

安禄山的倒唐运动，轰轰烈烈，沉湎于酒色音乐中的李隆基，自然一下无法应付，只有往天府之国跑去了。舞马文工团，那些很有表演天赋的马，也都失业离散。没有人欣赏，职业优越感迅速消失。

在范阳，安禄山的部将田承嗣，从安那里得到了一匹失散的舞马，当然，他只是看着马的外表好看，就将它补进战马的序列，放养在马棚里。

有一天，田大将举行军中宴会，犒赏士兵。音乐一响起，那舞马就情不自禁地舞动起来。养马人一看，呀呀，不得了，妖孽，马还会跳舞，显然不是好征兆，说不定要出什么乱子呢。于是就拿着扫帚抽打舞马。鞭子打在舞马的身上，马以为自己表演出什么岔子了，是不是跳得不合节拍啊，是不是我没有穿华丽的表演服啊，总之，舞马更加卖力地跳着，精神十足，抑扬顿挫。

见到这样的场景，养马的小官也不敢怠慢，急忙向田大将报告。田大将认为，马跳个舞，没什么大不了的，用鞭子抽打就是了。鞭打得越来越重，舞马却跳得越来越认真，它跳得越好，打得越重，最后，舞马被打死在马槽下面。

其实，现场也有人知道，这极有可能就是宫中流落出来的舞马，但是，他们都怕田大将的残暴，唉，多一事不如少一事，舞马，打死了就打死吧。

一匹会跳舞的马，一匹有极高表演天赋的舞马，就这样死在唐朝地方军阀的乱棍之下。

李隆基宫廷里的舞马，只是马成长发展史上的一个标点顿号而已，却终究成了悲剧。依我看来，这悲剧在于，有才，但不为别人所知，而且，在不适合的场合显现才能，反而被认为是妖孽。说轻点，是舞马和军队的气场不对，信息沟通有欠缺，牛头不对马嘴，对牛弹琴；说重点，马不去劳作，不去打仗，光会花架子的表演，以军事为重的大将当然不需要你了！

不过，我们是不能苛求舞马的，因为"霓裳法曲浑抛却，独自花间扫玉阶"（王建《旧宫人》），那些昔日表演《霓裳羽衣曲》的宫妓，也都成了扫地的杂役，何况马呢？

五

李隆基几乎是用音乐在全方位治国呀，自然，他对自己灵光闪现的月宫调《霓裳》曲，一定视为得意之作，也确实是旷世之作，于是，全体唐朝人民都膜拜。

《霓裳》曲，始于开元，盛于天宝。

除太常署、教坊外，李隆基还专门成立梨园。在梨园中又特别成立法部，教习法曲，《霓裳羽衣曲》，就是法部最有代表性的曲目。

还有，《新唐书·礼乐志》记载："梨园法部，更置小部音声三十余人"。换现代话说，这个部，就是童声合唱团，由十五岁以下的少年歌手组成。唐朝的专门音乐机构，都要演出《霓裳羽衣曲》，这样的宣传攻势，《霓裳》得到了迅速普及。

于是，盛唐大国，霓裳翩翩。

白乐天是霓裳的研究专家，他在多首诗中写到此曲。又数次应邀入宫，近距离欣赏，体会最深，"就中最爱霓裳舞"。他的七言长诗，《霓裳羽衣歌（和微之）》，从《霓裳曲》的组成部分、舞姿、服装表演、节奏变化等，都作了极为细致的描写。

诗人眼里，霓裳全曲分为三大部分：

散序六段。"散序六奏未动衣"，这六段，没有歌舞，只是器乐演奏部分，相当于开场曲。曲调舒缓优美，"磬箫筝笛递相搀"，打击乐，吹奏乐，弹拨乐，次第发声，节奏自由，类似现代轻松的爵士乐。

中序十八段。"中序擘騞初入拍，秋竹竿裂春冰坼"。散序之后，开始起舞，讲述一个长长的月宫故事，所有的意境，也都要塑造成神话中的月宫，祥云漫浸，水袖绕撩，让人神痴意迷。

入破十二段。"繁音急节十二遍，跳珠撼玉何铿铮"。似乎从沉醉中醒来，音乐渐渐转入急促，节奏加快，舞姿奔放，循环往复，极尽酣畅。十一段后，又突然收住，曲末渐慢至散，长引一声结束。

至于《霓裳曲》的节奏，那是相当舒缓，慢板中之慢板。有多慢？"出郭已行十五里，唯消一曲慢霓裳"（白居易《早发赴洞庭舟中作》）。路都走出十五里了，霓裳曲才刚刚演奏完。我用"乐动力"计步，比较快的速度是，每十分钟一公里，那至少也得七十五分钟，我健身，速度不慢。难道是夸张？没必要，要夸怎么也得三日三秋的。

杨贵妃的贡献也不小，她将《霓裳曲》改编成了《霓裳舞》。他们两个神仙眷侣，在音乐方面的默契，这里不展开说了，总之，舞和曲一样，都极有名，重要场合，常常是曲舞联合表演。

唐宪宗时，《霓裳》仍然很红，但是，黄巢农民起义后，它就沉寂了。"答云七县十万户，无人知有《霓裳舞》"（白居易诗）。

白乐天被贬江州，做了小小的司马，他在浔阳江边送客的当晚，听到了琵琶女的演奏，该女来自皇家音乐机构，且又是专业出身，自然，《霓裳》《六幺》这样的大曲，应该是必修课，加上琵琶女自身的经历，犹如作家丰富的生活实践，难怪，她会将这些大曲演绎得如此完美。

白乐天的大曲情结一直浓郁。

他做杭州太守时，业余时间还教官妓练习霓裳舞曲，"墙西明月水东亭，一曲霓裳按小伶。不敢邀君无别意，弦生管涩未堪听"（白居易《答苏庶子月夜闻家僮奏乐见赠》），"两瓶箸下新开得，一曲霓裳初教成"（白居易《湖上招客送春泛舟》）。这得有多大的兴趣爱好，才能坚持下去呀。音乐就是生活，美好的音乐，能让人的精神丰富而充实。

即便，整个大唐国势，在不断往坡下走，国家主要领导，还是念念不忘《霓裳》大曲，欲借此重振国运。一个显著例证是，好几次的科举考试，都曾以此为题。

五代王定保的笔记，《唐摭言》卷十五有记："开成二年，高侍郎锴主文，恩赐诗题曰《霓裳羽衣曲》。三年，复前诗题为赋题。"

又考诗，又考赋，国家策略，生生要将《霓裳》的种子，种进全国读书人的心里，并深深渗透进唐人的社会生活当中。

政府倡导，民间喜好，大曲的种子得以不断延续，并丰富发展。

一直到五代十国和宋代，《霓裳》仍然在小范围内流行。宫廷，或者一些高级的聚会场所，经常作为特别重要的节目演出。

南唐后主李煜，音乐奇才，他凭着自己的音乐天赋，复原了失传两百多年的《霓裳羽衣曲》，堪称中国古代音乐史奇迹。

宋代张唐英的笔记，《蜀梼杌》卷上中，还记载了一场小型音乐会："王衍，字化源。五年三月上巳，宴怡神亭，妇女杂坐，夜分而罢。衍自执板唱《霓裳羽衣》及《后庭花》《思越人》曲。"

王衍是前蜀国的国主，他举行宴会，亲自执板唱《霓裳》。看来，兴趣爱好，像李隆基那样的，也不是绝无仅有。

南宋周密的笔记《齐东野语》卷十中，记载了《霓裳》舞在宫廷里演出的情况：

> 《霓裳》一曲，共三十六段。尝闻紫霞翁云，幼日随其祖郡
> 王曲宴禁中，太后令内人歌之，凡用三十人，每番十人，奏音极
> 高妙。

这里说到了大曲的乐节。紫霞翁尽管年纪小，但小时候记性也好，观看到的《霓裳》曲和舞，仍然记得很清楚："三十六段，融歌、舞、器乐演奏为一体，和白乐天的诗暗合。"

南宋丙午年（1186 年）间，著名词人姜夔，旅居长沙，在乐工的旧书中，偶然发现了《商调霓裳曲》的乐谱十八段。他还颇有兴致地为"中序"填了一首词，《霓裳中序第一》，连同乐谱一起，被保留了下来。

清代王国维的《唐宋大曲考》中，对大曲有详考，许多大曲舞都是循环往复，要一遍又一遍地跳，每一遍都有不同的调，跳得也不尽相同。《破阵乐》要跳五十二遍，《庆元乐》七遍，《上元舞》二十九遍。

呵，讲一个道教的神仙故事，云里雾里，总要身临其境回肠荡气才好，否则，怎么叫大曲呢？

六

宋代国家四分五裂，文化却超级发达。大曲的种子，仍然顽强延绵，因为它有良好的音乐环境。

举一个例子。

在《梦溪笔谈》的同一卷中，沈括还向我们描绘了寇准的另一种形象，他也擅长舞蹈。

寇准，封号莱国公，喜好《柘枝》舞。

其实，《柘枝》舞也很有名，也算宋代大曲了，宋代官场上官妓常舞。"柘枝舞本北魏拓拔之名，易拓为柘，易拔为枝"（宋代温革《琐碎录》），看来，此舞，历史非常悠久了。

寇准与客人聚会时，一定要跳个痛快，每跳一次，一定是一整天，当时的人们都称他是"柘枝颠"。沈括采访到，今天凤翔有一个老尼姑，就是寇准当年的柘枝伎，她说：当时的《柘枝》曲还有几十遍，今日所舞的《柘枝》和当时相比，遍数不到十分之二三。

这是一个官员的典型业余爱好。记载虽然简单，但可以读出许多内容。

宋朝官员的生活很富足。有大量的冗余官员，官员生活大多奢侈，这种风气一直带到南宋的杭州城。据说，当时，杭州城里有澡堂三千多所，人口百余万，是个世界级的大型城市。在这样的风气中，官员有些自己的爱好是不奇怪的，即便像寇准这样的高级官员，有个人爱好，也非特例。

因为空闲，因为富足，所以才有时间去学舞。

跳柘枝舞，应该是有一些难度的，官员能够显摆他能力的是，越是难的东西他越是出色。也许是天分，他对这种舞蹈的感觉特别好，这个《柘枝》舞完整地跳完要几十遍，那么，可以想见，酒足饭饱的时候，在众人羡慕的眼光和掌声中，他会越跳越起劲，一遍又一遍，感觉越来越好。更何况，这样的场面，仅仅会是一些男人吗？那真太无聊了吧，绝对还有明眸善睐的女子伴着舞着，不要说抱着搂着了，那太俗气！

"颠"就是"痴"，技巧一定是精湛的，否则人们不会送上这样的称呼，要知道，寇大人可是一位重量级的官员呢。

沈括只是事实记叙，并没有任何褒贬。我觉得，以寇大人的声望，他的这点爱好理所应当，应该允许官员有爱好嘛。

舞蹈绝对可以修身养性，不仅能锻炼身体，更是一种情趣。要知道，我可是利用业余时间学的噢，这是正当的娱乐活动，凡是正当的娱乐活动，我们都要支持，官员带头也是应该的。

你说我一玩一整天？哎，双休日，懂不懂，这是我私人的自由时间，可以自由支配的。最高领导还有自由空间呢！

我会跳舞，你们不要看得太复杂了，这和苏东坡会写诗作词作画，道理是一样一样的，只不过他的爱好比较阳春、比较白雪，我的爱好比较下里、比较巴人嘛！

可以想象的是，暖风熏得官员醉，夜夜笙歌日日舞，天子呼来不上朝。美好的大宋王朝啊！

七

再简单说一下《六幺》。"初为霓裳后六幺"，《六幺》也是唐代大曲中流传极广的一首。

白乐天的《琵琶行》中，琵琶手演奏，白乐天描写，并没有分开，想来，它只是调名不同，表达的内容却差不多，美妙度也是一样的，但"六幺"也是鼎鼎大名。

许多资料都指证，《六幺》，原来叫《绿腰》，再早叫《录要》，在唐代就有歌、大曲、器乐曲、软舞曲以及词调《六幺令》等不同的音乐形态。

宋代吴处厚的笔记《青箱杂记》卷八有：

> 曲有《录要》者，录《霓裳羽衣曲》之要拍，即《唐书·吐蕃传》所谓《凉州》、《胡渭》、《录要》、杂曲，而今世语讹谓之"绿腰"。

这也就是说，《六幺》源出《霓裳》，是简明版。

唐段安节的《乐府杂录》中有"琵琶"一节，写了以"六幺"为主题的斗乐故事，非常有趣。

贞元年间，长安大旱，皇帝下诏，在南市举行祈雨仪式。仪式隆重而热烈，从南市，一直到天门街，百姓的娱乐活动热闹非常。街东，有个叫康昆仑的乐手，琵琶弹得最好，他们认为康无敌，请他登上彩楼，弹一曲《新翻羽调绿腰》。见此情景，街西，也建一楼，东街人就大不消，认为琵琶高手在他们那儿呢。有天，康昆仑又登东楼演奏了，这时，西楼上出现一抱着琵琶的女郎，女郎对康昆仑说：我亦弹您这首曲子，请您指正。女郎一出手，声如雷，妙入神。康一下惊倒，急忙拜师。女郎更衣出见，原来是个僧人，他是西街富豪花大价钱从庄严寺中请来的，僧人姓段，专门来和东街斗乐的。

这样的音乐盛事，立即惊动了朝廷。第二天，德宗将他们都召入，让他们各自施展琵琶绝技，并要求段僧收康昆仑为徒。段大师要求康：你再弹一曲我听听。康弹完一曲，段大师责问：你的琴声不正呀，怎么夹杂着邪气？康学生再次倾倒：段师神人啊，我少年初学艺，曾经和邻居的女巫祝学过，她教我《一品经调》，后来，我换了好多任老师，师法混乱。段大师发话了：你如果要向和我学，必须不碰乐器十年，忘掉原来的东西，然后我才可以教你！

这场拜师，当着皇帝的面进行，德宗特地下令：康昆仑，你就好好拜师吧。

后来，康昆仑果然学到了段大师的好技艺。

大唐人民能将祈雨都过成音乐节，朝廷对音乐又如此重视，足见《六幺》曲的影响之大。

《韩熙载夜宴图》，中国古代一幅著名的画，五代画家顾闳中所作，画中，《六幺》舞蹈，神态逼真。

这幅画的来历，充满了喜剧的味道。

南唐后主李煜不放心中书舍人韩熙载，这老韩，家里常常宾客云集，不会是搞小团体吧，今晚又有人报告，他家要举行大规模聚会，那什么，小顾、小周（文矩），你俩晚上潜入韩家，明天向我报告具体情况，我实在不放心。

小顾、小周都是画家，他们索性将场面画了下来。据他们仔细观察，参加宴会的人员有新科状元、太常博士、教坊副使、走红的歌女舞女，觥筹交错，气氛热烈，通宵达旦。

顾画将这场著名的宴会分为五个场景，第一场景，琵琶独奏。虽然没有指名弹奏的曲名，我很自然地将其想象成《霓裳》曲，在这样高规格的场合，在这样美好的夜晚，还有什么理由不弹第一大曲呢？第二场景，《六幺》独舞，舞女王屋山，长衣窄袖，扭腰回眸，男女宾客皆有人拍手击掌，看，老韩还兴致勃勃地亲自打鼓伴奏呢。

《六幺》如同《霓裳》，到宋代，也一直在流传，但形态有了新变化，调式有所增加，最主要是规模大大缩减，常使用"摘遍"的形式。唐大曲多至数十遍，宋代往往根据场景，按需所取，各自裁截，有的时候，只演出大曲中自"入破"到"杀衮"的一段，称"曲破"。

宋代王灼的笔记《碧鸡漫志》卷三例证：

　　后世就大曲制词者，类从简省，而管弦家又不肯从首至尾吹弹，甚者学不能尽。……然世所行《伊州》《胡渭州》《六幺》，皆非大遍全曲。

南宋周密的笔记《武林旧事》卷一里，记载了天基圣节皇帝观看的排当乐次：

> 天基圣节排当乐次，正月五日……再坐第一盏，觱篥起《庆芳春慢》，杨茂……第七盏，鼓笛曲，《拜舞六幺》……第十五盏，诸部合，夷则羽《六幺》。

在整场演出中，阵容豪华，演员众多，乐手繁多，一盏又一盏。在第二环节，《六幺》舞，出现了两次。

《六幺》就是《霓裳》的《录要》，虽然不是回环往复，但李隆基身临其境的那种仙境，亦梦亦幻，实在美妙！暂时忘掉所有的一切，什么收复中原，那都是奢望，过好一天是一天，今朝有舞今朝舞！

八

时光的长河，跨过元，跨过明，一会儿就到了清。

这里要说一个我的偶像，杭州人洪昇，他在《长生殿》里，让《霓裳羽衣曲》又一次生动地飞扬。

我迷洪昇，说来话长，得从我妈那儿说起。

我妈喜欢唱黄梅戏，在她还是如花似玉年纪的时候，H老师告诉她：她不仅可以演七仙女，她也可以演杨贵妃的。只是二十世纪六十年代，七仙女是劳动人民，杨贵妃是王公贵族。我妈每每说到这一段的时候，总是眉飞色舞，两眼发亮。我似乎看到了一个热爱戏曲的可爱清纯少女，对杨贵妃的渴望。

在我妈不断的念叨中，我也对杨贵妃向往起来了。我在想，这个唐朝美女，是怎样的风情万种，怎样和唐明皇卿卿我我，恩爱到死，死了都要爱。不过呢，那时，我们村里的人们，只知道《贵妃醉酒》，不太会知道《长生殿》。当然，编剧洪昇，更不知道了，就如现在人们看影视，只关注演员，不太会关注编剧一样。

1980年10月的某天，我钻进小树林中的浙江师范学院古籍图书馆，对一位中年管理员怯怯地说道：我想找，洪昇，《长生殿》。

管理员朝我看了看，微笑转身，拿着一本沾着点灰尘的旧书：喏，给你，登记一下，小伙子，中文系的吧。

我还是羞答答的样子：嗯。

心里默念过许多回，这是我和洪昇真正开始的亲密接触。

他自己都说了，填词四十种，一生精力都在《长生殿》。从《沉香亭》，到《舞霓裳》，再到《长生殿》，十年磨一剑，剑出手，戏剧江湖风振雷动。看看，第二稿，他简直就想以《霓裳》直接命名剧本。

洪昇带着我，朦朦胧胧进入了《长生殿》：唐明皇欢好霓裳宴，杨贵妃魂断渔阳变。鸿都客引会广寒宫，织女星盟证长生殿。

我如饿狮般扑向杨贵妃。定情。春睡。禊游。幸恩。闻乐。制谱。进果。舞盘。窥浴。密誓。呵呵，真个是风流天子，好有情调，还窥浴。

唐明皇我是鄙视的，天子风流国家遭殃，他西逃。陷关。惊变。埋玉。贵妃死了，他的日子怎么过呢？冥追。骂贼。情悔。哭像。神诉。雨梦。觅魂。补恨。重圆。国事小，情事大，一切的一切，都为了一个情字。

1984 年 9 月，我在浙江桐庐的一所高中教语文。讲关汉卿的《窦娥冤》时，讲着讲着，一下子就绕到了《长生殿》，信口讲洪昇，杭州人洪昇。讲完了再自顾自感叹一回，人世间，帝王，还有这般的爱情，纵然生前不能爱，求神告佛，到天堂里再相会。其实，那时，我还没有谈恋爱，只是纸上谈兵。那些学生呢，刚上高中，虽然青春粗野暴动，表现直接，但估计也没比我懂多少。不过，他们都对洪昇很崇拜，因为，老师都这么崇拜嘛。

　　杭州西溪，洪昇纪念馆，一个立体的洪昇站在我面前。

　　有三个“月”的造型非常特别。洪昇像的背景，以新月、半月和满月烘托，解说员这么动情讲解：这是苏轼词“月有阴晴圆缺，人有悲欢离合”之寓意，暗喻洪昇，跌宕起伏的一生。

　　是的，洪昇的一辈子，虽然名声大噪，但绝对是悲欢离合的一生。

　　1677 年的冬天，他拖着一家数口，投奔好朋友，武康县教育局长郑在宜来了。洪昇看到的武康，虽离杭州不远，却只是荒凉肃杀的街市：孤城只似村，附郭百家存。且人烟稀少，还不时有猛虎出入。不过，这里有许多好朋友，没有大鱼大肉，饭可以饱，茶可以足，吟诗唱和，遍游武康，日子倒也潇洒。这一待，一直待到第二年的初秋。

　　2015 年六月四日，浙江德清，余英溪畔。一个微风晴朗的下午，空气中弥漫着栀子花的浓香，我和洪昇，又一次相遇。

　　这一次，真真切切，场景翻回到了三百多年前的某天。我问洪大作家两个问题，这问题，数十年来，一直在我心中萦绕。

　　我问：您的《沉香亭》初稿，是在武康完成的吗？

　　洪答：可以这么算。我在《长生殿》的序言里这样说：“忆与严十定隅坐皋园，谈及开元、天宝间事，偶感李白之遇，作《沉香亭》传奇”。事实上，那天谈唐朝旧事，只是灵感的激发而已，它需要长久的酝酿。我在武康期间，心情愉快，每天读书研究，积累了不少资料。

可以这么说，《沉香亭》的许多基础工作，都在武康完成。

我接着问：您为什么拿《霓裳羽衣曲》作主线，安排剧情呢？

洪答：你读过唐朝李肇的《唐国史补》吧，里面有一则写杨贵妃影响力的笔记：马嵬坡驿站，在佛堂前的一棵梨树下，杨玉环用高力士给的一根绳子自行了断。驿站里有个老妇人，极有眼光，收得贵妃锦袜一只。住店的客人，想要看一下这只袜子，必须付一百钱才行。老妇人因此而发家致富。

不要小看这则素材。贵妃的袜子，很多人都想一睹：贵妃的玉脚有多大？贵妃到底有多妖媚？唐明皇会替贵妃亲自穿袜吗？这只锦袜是哪里生产的？有着什么样的工艺？客人们太好奇，有的也许仅仅是想闻闻，有没有贵妃的体味呢。她的神秘，兴许能通过一只袜子探出大概，不为别的，就是好奇心重。"环粉"们连一只袜子都这么追，难怪唐明皇念念不忘呢！

长生殿，一句话解释，李隆基生生死死都要和杨玉环在一起，天上人间都要和她一起唱霓裳舞霓裳！

所以，我在五十出剧中，二十出都用到《霓裳羽衣曲》，《霓裳》贯穿全剧。《霓裳》不仅仅是舞曲和舞蹈了，更是李隆基和杨玉环爱情故事的代称，"长恨"化为"长生"，李杨的情感，在天上成了永恒。

嗯，嗯，谢谢洪大师。

《长生殿》大红大紫后，洪大作家似乎有点得意忘形了，跑东颠西，参加各种戏剧节的开幕式，各种剧组摄制启动仪式，节奏也不控制一下。唉，那晚，在乌镇，他不该喝那么多的酒，运河水，就这么吞没了他！

清冷的运河水，会载着他去遥远的银河，拜见霓裳月宫里的唐明皇和杨贵妃吗？

九

公元 2016 年 10 月 30 日，我去浙江松阳县。松阳作协主席鲁晓敏和当地作家鬼鬼，陪我爬卯山，拜望唐朝著名道人叶法善。卯山脚下，是叶的出生地，也是去世后归葬的地方。

叶法善（616—720），他活了一百零五岁，是和张天师齐名的中国著名道士。

在卯山腰，有一座永宁观，观里供奉着叶法善的塑像。四周有壁画，第一幅就是"伴君游月"。

这是一个仙乐伴奏的宴会场面。

月圆形的画面上，唐明皇、叶法善、五位仙女，都踩在五色祥云上。一张矮地宽大茶几，上有各类仙果，有杯盅，有青花壶酒瓶，一仙女双手还端着一大盆仙果。唐明皇，身着明黄亮丽龙袍，右手捏着酒杯，左手打开一块笏板，似乎在阅读乐谱。叶法师，着鲜红道袍，拍打着双手，似乎是在打节拍。一仙女抱着大琵琶，正轻拢慢捻；三仙女围绕着唐明皇，左右伴着舞，飞舞起的水袖，和祥云互为云彩。

这个场面，大约就是唐代野史和宋代诸多笔记描述的《霓裳羽衣曲》来历的经典画面了。

基于李隆基的音乐天才，又是个虔诚的道教徒，我情愿将《霓裳羽衣曲》的来历，看作一场天才型的创作，这是一次灵感大爆发。

李唐王朝，崇老喜仙，热衷于求神仙，迷信老子。

这对于取得皇位而又没有皇家正统的朝代来说，他们第一个想到的是名正言顺，即我们来掌管这个天下是上天注定的。于是，千方百计地找关系。唐皇帝就将姓李的老子当作自己的祖先了，因为李聃的名气大啊，足够向民众炫耀，于是将老子的父亲封为先天太皇。开元开得好好的，李隆基却将年号改为"天宝"。其实，老子父亲是什么人、在什么时代，历史上根本没有记载，而且，李唐的先世本是陇西的少数民族，根本不像商周两代的祖先有世系可以考察的。

有了如此深厚的思想基础，再加上叶法善深得信任，被他引入月宫听到天曲，也就不奇怪了。

当然是在梦中，大唐豪华的宫殿里，唐明皇经常做着白日梦。

我们登上卯山顶，这里是千年道观通天观的遗址。

观破墙基在，卯山草木深。遗址一片废墟，乱石、蓬蒿、杂树，藤蔓缠绕。几百平方的山冈，千年道观的屋基，石生青苔，有的还有半人高。山冈中心甚至还有一口井，探头望，深幽然，井中有水，在强光的照射下，看上去黑黑的。鲁晓敏说，通天观，原是一座香火极旺的千年道观，不知毁于什么朝代，从现场的遗迹观察，颓废的年份已经很久了。

不难想象通天观当年的盛景，道事繁荣，仙乐飘荡，《霓裳羽衣曲》，一定是主题，因为它连着唐明皇，连着叶天师。

叶法善活到一百零五岁，在人均寿命三十几岁的唐朝，是个奇迹，人中祥瑞。

据当地传说，李隆基对叶天师的丧事，相当重视，命令唐朝有关机构，千里扶灵回松阳。

卯山还有一块大碑，"叶尊师碑"，这是叶法善大大荣光的标记，碑文由唐玄宗亲自撰写，太子撰写碑额。原碑早就遗失，我在碑前，仔细察看新碑，此碑由杭州著名书法家蔡云超先生书写，棱角刚正，遒劲有力。

蔡先生我熟，他擅碑文书写。他告诉我，这个碑，他写了两块，一块在松阳，一块在武义。武义和松阳接壤，叶法善也在那儿修过道，括苍山，树高深幽，云雾缭绕，山峦连绵，确实是个修道的好地方。

2016年，叶法善已经一千四百岁，松阳当地，正以各种方式纪念他。

十

文化的基因，生存总是极其顽强，如杂草，只要有些许阳光雨露，它就会茁壮成长。

叶天师虽久居长安，也常衣锦还乡，九十几岁时回松阳时，他舍宅为观，取名淳和观。唐玄宗赐名并题写"淳和仙府"，且赐戏台一座。

自然，长安城里梨园的节目，也一定要带回来，不是有这么精致的戏台吗？"月宫调"，那也是必须传授的，而且要作为道教乐曲的经典，这是恩宠和荣耀。

2007年11月，我们的报纸，报道了这样的文化新闻：

多年来流传的月宫调，松阳人说很可能就是神秘的《霓裳羽衣曲》。

演奏月宫调，至少得七人，两人吹笛，两人拉二胡，另外鼓、锣、板各一人。演奏时，锣鼓在前，丝竹乐器在两边或者后面，打竹板的在中间。演奏全曲大约需要六七分钟。乐队队员说：我们这里迎太保、搞庙会，都要演奏这个曲子，也不知传了多少年了。

可以肯定，这并不是《霓裳羽衣曲》的全部，或者真本，但一定有她的遗传因子，因为松阳有叶法善。

还有让我惊奇的。

这个偏僻的深山县，至今有一种高腔在传唱。松阳高腔，被赞为戏剧的活化石，唱词无定格，曲牌连缀，音乐节奏却自由、高亢、绵长，带着浓浓的唐代法曲腔调。

我采访过松阳高腔的两位研究者，松阳县高腔研究会的主席刘建超、浙江丽水学院的音乐学副教授王建武。据他们研究，松阳高腔，它的音乐形式是对道教音乐的糅合，最主要的原因就是，道士布道，很多庄严场合都要用法曲，另外，松阳高腔的数代艺人，基本都是道士出身。当然，祖宗就是叶法善。

松阳高腔的嫡系传承人吴永明，被称为"松阳高腔梅兰芳"，我们有过一次简单的网上交流。

我问：您是怎么喜欢上松阳高腔的？

吴答：我是传承，从小就喜欢。我父亲吴陈俊，可以演绎高腔所有的角色，我们口传心授。二十世纪八十年代末，我在部队的文艺汇演中，就演出过松阳高腔的折子戏。

我问：松阳高腔的代表剧目有哪些？

吴答：经过近几十年的挖掘，我们已经整理出四十多个传统剧目，比如《夫人戏》《耕历山》《白兔记》《买水记》《合珠记》等等。

我问：这些剧目中，有明显的《霓裳羽衣曲》痕迹吗？

吴答：《夫人戏》就是道教戏，主题音乐都由法曲构成。《贺太平》中的砍柴调，我认为和月宫调十分相似。

中国音乐家协会会员的刘建超，他也非常肯定：松阳高腔中的《渔家乐》，和《霓裳羽衣曲》的相似度在百分之八十以上，许多唱腔中的骨干音，还有很浓的月宫调痕迹。

2014年12月，吴永明随浙江代表团访问新加坡、印度等国，在新加坡的香格里拉大酒店，演出了《白兔记》中的一折《马房招亲》，一曲松阳高腔，生生震惊国外。

回望公元630年，唐朝初建，日本的舒明天皇就派出了第一批遣唐使。此后的二百六十多年间，奈良时代和平安时代的日本朝廷，一共派出了十九批次的遣唐使者。其中的使者，一定有乐师之类的音乐人才。

音乐无国界，不难想象，这些遣唐使，当他们听到《霓裳》《六幺》一类的大曲时，极有可能足之蹈之，从而将唐朝的文明远播东洋。

十一

白乐天让我们记住了技艺高超的琵琶女，琵琶女带我们领略了唐朝大曲的无限神韵。白乐天用文学表现了音乐，琵琶女用琴声表现了文学。诗就是琴声，琴声就是诗，《琵琶行》和琵琶女，构成了中国古典文学史上一座伟大的丰碑。

琵琶溅起的声光碎影里，唐明皇忘情击拍，杨贵妃婀娜弄舞，众臣整齐合掌，好一个大唐太平盛世。

渔阳鼙鼓动地来，惊破霓裳羽衣曲。

长恨，长恨。

然而，千百年来，《霓裳》的旋律一直撩拨人心。无论多么辉煌的物质文明，都会随尘而湮灭，但大曲的精神内核，永远百世流芳。

初为霓裳后六幺。

《霓裳》的种子，在中国，在松阳，在广袤而绵长的千年时空里，活跃而勃发。

一平方英寸的寂静

1855年，美国西雅图酋长，为印第安土地部落的购买案，写信给富兰克林·皮尔斯总统，信里有这样两句话：

> 如果在夜晚，听不到三声夜鹰优美的叫声，或者青蛙在池畔的争吵，人生还有什么意义？

现在，我的窗外，是机器间歇的轰鸣声，铁钻机钻钢筋水泥，滋滋滋，节奏嗒嗒嗒，强劲有力，要将硬水泥地钻通，仿佛要将你的心脏一起钻碎。

这种建筑的声音，装修的声音，在城市的随便哪个角落，随时都能听见。

几乎所有的人，都烦噪声，但又在不遗余力地制造噪声。

用科技的手段来对抗噪声，虽然小有成就，但力度，并没有像人类对待治理癌症那样重视。

于是，我们都很向往一种环境，一种安静的环境，想那苍穹下，一望无际，满地青草和鲜花，只有蓝天和白云，还有飞鸟在陪伴我们，想采菊东篱下，悠然见南山，想门对千棵竹，闭门即深山。

这纯属奢侈，要在当下的社会，找到一块安静的地方，很难，今日，宁静就像那些濒临灭绝的物种一样。

穆雷·谢弗，在《世界的调音》里，曾经提议，把能否听到自己的脚步声，列为城市的噪声标准之一。他的意思可以这么理解：我们居住的地方，应该安静到足以听到自己或者他人走路的声音。

然而，除了那些无人烟的荒漠高原外，各种机器，就是主导我们当今世界的主要声音。

到哪里可以找到安静呢？绝对的安静肯定没有，地球上最安静的地方，应该是实验室。美国欧菲尔实验公司有个无响室，位于明尼阿波利斯的边远地带，底噪只有负九加权分贝。

尽管安静是奢侈品，但我们很多人，还是在不断寻找自然的宁静点。美国声音生态学家戈登·汉普顿也在找，他几十年，都致力于寻找寂静的声音，寻找那一平方英寸的寂静。

我将汉普顿的这种行为，当作一种实验。

2005年4月22日，世界"地球日"那一天，他独自到美国奥林匹克国家公园的霍河雨林，在距离游客中心大约三英里的地方，将印第安部落长老送给他的一块小红石，放到一根原木上，并将那里命名为"一平方英寸的寂静"，他设下这个标记，希望对这个偏远荒地的自然声境有助于保持和管理。他会定期到那里，监测可能入侵的各种噪声，记录下噪声发生的时间，还尝试确认噪声的来源，再用电子邮件通知对方，向他们解释保存仅余的自然寂静声音的重要性，请他们自我约束，他还会随信附上一张有声CD，上面有噪声入侵的实况。

汉普顿录制声音，已经超过二十五年。他的声音图书馆里，藏有三千GB的声音，包括蝴蝶鼓动翅膀的声音，如雷瀑布的轰鸣声，一片漂浮的叶子细微的声响，草原幼狼低柔的咕咕声，传授花粉的昆虫拍扑翅膀时带起的柔和声，等等，可以说是库纳万籁。

一平方英寸的寂静，有什么实际意义吗？在大部分不理解的人看来，这就是矫情，或者是小题大做，或者是愚蠢。汉普顿却认为，如果能保存一平方英寸的寂静，就能减少一千平方英里内的噪声污染！也就是说，大自然的寂静，是能够支配许多平方英里所在的。

他的体验是，一个安静的地方，能让人的感觉全部打开，万物也会生动起来。

汉普顿的记录告诉我们，在美国要找到连续十五分钟以上的寂静，极度困难，在欧洲，这种寂静更是早已绝迹。现在大部分地方，已经完全没有安静的地方，反而是全天二十四小时都存在着一种以上的噪声来源。

我们来看看，这个声音生态学家的敏捷听觉。

这是一次平常的记录，在他的一平方英寸目标点。

五十英尺外，传来西方鹟鹩的叫声，四十加权分贝。

三十英尺外，传来红胸鸸和栗背山雀的叫声，四十五加权分贝。

下午一点四十五分，一架直升机，沿霍河河谷的北脊飞过，五十加权分贝。

大叶枫林里，强风从河谷吹来，每片叶子从六英尺高掉落到蕨叶上，平均会发出三十加权分贝的声响。

单只熊蜂嗡嗡飞过，音量可能在三十四至四十四加权分贝。

整个早上，他都在静静观察周遭的自然奇景。三十英尺外有一只树蛙，五十五加权分贝，它的声音几乎跟人类平常的聊天一样大，听得很清楚，缓慢，从容，清晰，类似干橡皮绞动的声音。

他开始搜寻麋鹿。他朝步道走了一小段，这时，从低矮的白珠树丛里，传来一种微弱、干脆、叮叮咚咚的新声音，他立刻静止不动。

仔细搜寻后，他发现，树丛上，有一些铁杉的针叶，抬头看，它们是从一百英尺以上的高空掉落的。

在一般人眼里，做这些事情，且持续数十年，是不是有点枯燥无味呢？

呵，这得看怎么理解了。汉普顿眼中的寂静，是一块神圣的地方，他记录并极力保护那一平方英寸，是因为他比我们常人，对寂静有更深刻的理解。

他理解的寂静，有内在和外在两种。

内在寂静，是尊重生命的感觉。我们可以带着这种感觉，去任何地方，神圣的寂静，会提醒我们的是非对错，即便在城市嘈杂的街道上，仍能产生这样的感觉。内在寂静，属于灵魂层次。外在寂静，是我们置身于安静的自然环境，它邀请我们敞开感官，与周围万物产生链接，无论我们望向何方，都可以看到相同的链接。外在寂静，还可以帮助我们找回内在的寂静，让心灵充满感恩和耐心。

这也许就是汉普顿和别的一些科学家不一样的地方了，他是世界上最好的倾听者，远见卓识，他在用心实验，他的实验是科学和诗意的交融，他试图找出人类烦躁的病症。他似乎也是中国古代哲学良好的践行者，天人要合一，道法存在于自然中。

2016 年 4 月 30 日夜十点，窗外仍然喧闹，我读完汉普顿的《一平方英寸的寂静》，满胸起伏，在扉页上草草记着以下几句：

应当觉醒，拯救寂静，是因为寂静变得稀有，差不多快灭绝了；

寂静，是另一种独特的声音，其实也是万物俱在，空气是翅膀留下的音乐，万物都在音乐中舞动和谱曲；

人类不是世界的主宰，无论植物或动物，都在同一现场，相互依赖，任何生物都无法单独生存；

保护寂静，聆听大地的声音。

泥土去哪儿了

建房造桥，往泥土下打个几米就碰到地球的骨头了。

泥土就是地球的皮肤。如果按人的皮肤比例来看，地球的皮肤比人的皮肤更薄，更脆弱。

在我读到美国学者戴维.R.蒙哥马利的《泥土，文明的侵蚀》一书前，我一直没有想过这样的问题：我脚下的泥土是从哪儿来的？

泥土从哪儿来？是地球生成的时候就有的吗？

不是的。四十亿年前，地球表面的温度接近沸点。也就是说，那个时候的地球上并没有地，只有岩石。幸运的是，这些岩石上，生长着一种嗜热细菌。你要问我，这细菌从哪里来的，我不能回答你，科学家也不能回答你，你硬要问，就会进入先有鸡还是先有蛋的圈子里去了，总之，这种细菌就那么样存在。嗜热细菌干什么呢？它们没闲着，在它们的辛勤工作下，几十亿年下来，许多岩石转变为原始土壤，它们还消耗掉大气层中的二氧化碳，地球的温度下降了三十到四十摄氏度。这些能生产土壤的细菌，是地球的功臣，没有它们，地球永远无法成为可居之地。

达尔文一生写了十六本书，最后一本大多数人不知道，书名长长的，《树叶为何发霉，透过对蚯蚓行为习惯的观察》（我家陆地同学意译），是研究蚯蚓如何将灰尘和腐烂的树叶变成土壤的。

环球旅行结束后，达尔文回到了自己在英国的家。这位致力于昆虫及植物研究的专家，在自己家门前又有新发现。地面上，每隔一段时间，就出现新的地表物质，是蚯蚓拱上地面的，这些物质，与那些灰渣覆盖下的细土极其相似，地底下的蚯蚓到底在干什么呢？它们是不是慢慢在制造土壤？

自然，这又是一个疯狂的想法，达尔文的许多新发现，起初都被人们认为是疯了的想法或举动，就如他捉甲虫，手上捏一只，将另一只甲虫放进嘴巴里遭到攻击一样。

达尔文在客厅里开始养蚯蚓观察（自然是放在罐子里啦）。他尝试不同的蚯蚓喂食方法，并测量它们究竟能在多快的时间里将地表的叶片和灰土转变为土壤。最后，他得出结果：全英国的菜地，已经多次被蚯蚓的肠道，一遍遍地吃进排出。这个结论明确告诉人们，蚯蚓是土壤不断累积的最大功臣。

难怪，荀子在《劝学》里如此赞蚯蚓："蚓无爪牙之利，筋骨之强，上食埃土，下饮黄泉，用心一也"。蚯蚓食埃土，原来就是为了制造土壤呀，我才知道。

据达尔文推算，英国每一英亩优良土壤中，差不多生活着四百磅重的蚯蚓。他认为，是蚯蚓每年移动了英格兰和苏格兰境内几乎五亿吨重的土壤，蚯蚓是数百万年时间尺度上重塑土地的主要地质力量。

推而广之，我们脚下的泥土中，有多少蚯蚓在制造土壤？实在无法估算，但数量一定多得惊人。还有，让我们感叹的是，蚯蚓在人类出现以前，就在努力制造土壤了。

当然，用现代的视角，仔细观察一下，造土大军中，不只是蚯蚓，还有许多穴居动物，地鼠、蚂蚁、白蚁，它们都会将岩石碎屑混入土壤。许多植物的根系也会将石头撑开，你看，悬崖峭壁上，往往长有许多生命力旺盛的植物，不一一列举。在风或火的作用下，许多岩石，终将变成颗粒，岁月，会让它们消解，埋身成为土壤。

拉丁语中表示"人类"的词语是"homo"，这个词是由"humus"演化而来，它在拉丁语中的意思为"有生命的土壤"。

土壤是我们的生命所依，循着这个思路，我想到了许多。

中国最早的农民，应该是被黄河两岸大片冲积平原上的肥沃土壤吸引而来，就如同游牧民族的逐草而居一样。我们完全能想象，先人们顶着冰川时代的寒风，闻着那诱人而健康香气的泥土，用自制的石器，在生命的味道里劳作，尽管"草盛豆苗稀"，但总归还是有些收成。

司马迁的《史记·夏本纪》写了夏禹的辛勤治水。大禹千辛万苦，千山万水，花了九牛二虎的精力，才将水患治好。其实，大禹治水，就是为了治山，水患搞得民不聊生，百姓无法生活，地也不能种，自然没有粮食可以充饥了。水患一定，天下的事情全定。

那个时候，天下初分九州，大禹就根据治水后九种不同的土壤等级来确定赋税。比如，天下第一州，冀州，那是帝都，土质最好，色白而松软，定为上上，就是第一等；比如青州，大海到泰山之间，海滨一带宽广含碱，田地多是盐碱地，田地属上下，即第三等，赋税属中上，即第四等。

这种科学管理土地的办法逐渐形成了制度。

商朝出现的井田制就是。井字形状，中心一块为公田，其余八块为私田，私田耕种，必须带上公田，这样，公私都有所兼顾。其实这是一种比较乌托邦式的国有土地制度，大大小小的奴隶主们，怎么会满足于中间那一块呢？

戴维也举例，亚里士多德的学生泰奥弗拉斯托斯，就将当时的希腊土地分为六种不同的类型，分类的依据是核心土层之上富含腐殖质、能为植物提供养分表土层的深浅或肥瘦。我判断，泰先生应该是早期一位优秀的农业科学家，因为他的分类已经非常科学了。

千百年来，世界各地都流传着长长的泥土故事。

《左传》里有"晋公子重耳之亡"：重耳和随从经过卫国，卫文公并没有以礼相待。他们从五鹿经过，饿得只好向乡下人讨饭吃，乡下人却捧了一块土给他们。重耳见此大怒，要用鞭子打那个人。狐偃劝道：这是上天赏赐我们土地呀。重耳一听，立即磕头致谢，收下土块。

一千五百多年后，差不多的场景，出现在了英国。1066年9月，威廉以诺曼底公爵的名义夺取英格兰王位，他率领一大批追随者从英吉利海峡登陆英格兰南部。当威廉从海滩上岸时，不慎跌倒在地上，他急中生智，抓起一把土高声呼喊：我拥有了英国的土地！

泥土是百姓的衣食父母，更是王侯们的性命所在。

从地球的成长史中可以很容易得出一个结论，土壤不只是用来种植的，它还是一个十分严密的生态系统，泥土、植物、水，互相依存，你怎么对待它，就会得到怎样的回报，终将影响人类自身的生存。

人类看中的土壤，起初都十分肥沃，但任何沃土都有地力将尽的时候，待作物将土壤的地力吸尽，或者地力下降，人类便毫不犹豫将地抛弃，另觅新地。

与普通的粮食作物相比，烟草会从土壤里吸收十倍以上的氮、三十倍以上的磷，耕作过五年的烟草地，会因为土壤的营养缺失而长不出任何东西。

随后，化学的力量在很大程度上恢复了土壤的肥力，问题是，化肥的滥用，不一定能恢复土壤，因此，人类因为追求短期的目标，就在不知不觉中破坏了整个大自然的平衡。

巴尔扎克写过一本叫《奥古斯·特博尔热的〈中国和中国人〉》的书，这是他在读了法国人奥古斯·特博尔热写的《广州散记》后写的一些感想，其中就谈了土壤：从前，人们以为中国有一片国土，其腐殖土深达十五到二十法尺，学者们一向主张对一切作出解释，他们说，在地球运转中，中国周围的大山流失的土壤都被卷到了那里。最初，美国人很快就耗尽了一些城市周围腐殖土的资源，如今，乌克兰肥沃的土壤也感到消耗过度，这些都表明，土壤的肥力并不是无限的。

尽管小说家的思维有些跳跃，但表意还是明白的，他也在担忧，土地不是取之不尽的宝库。

但人类一直将土地当作阿里巴巴的宝库，只管取钱，不问存款。

但存方寸地，留与子孙耕，那只是写在书里、挂在墙上的格言而已。

蝴蝶效应告诉我们，一个人无法阻止沙尘暴，却可以启动它。

大自然用一个个非常极端的案例来告诫人类对土地的滥用。

戴维举的这个例子，尽管发生在他父亲出生的那个年代，但仍然触目惊心：1934 年 5 月 9 日，美国蒙大拿州和怀俄明州的土地，被狂风撕成了碎片。狂风裹挟着三亿多吨的土壤，以每小时一百多英里的速度向前推进，在芝加哥，平均有四磅重的尘土落到了每个人的头上，纽约州东部的布法罗，中午时分陷入一片黑暗。至 5 月 11 日傍晚，纽约、波士顿、华盛顿都有大片尘土。目击者说，从遥远的大西洋海面上望过去，天空中满是巨大的棕色乌云。

严格说来，这不是沙尘暴，应该是灰尘暴，不，是泥土暴，原因就是现代化的耕作方式，侵蚀土壤越来越厉害，土质疏松，表土流失严重，再加上干旱、风暴等恶劣气候，土壤才会毫无纪律性地在空中大部队迁移。

戴维所提供的研究资料表明，在不同条件下，一英寸土的形成，所需要的时间并不一样：苏格兰需要一百六十年时间，美国马里兰州的落叶林地，则需要四千年。俄亥俄州的原生草原上，每英寸的表土层，则需要一千年的时间才能形成。打个比方，这六英寸的表土层，如果让雨水来剥蚀，五千年也不会剥蚀尽，而让人类耕作，三十多年就会流失殆尽。再进一步比方，以俄克拉荷马州格思里的一片沃土为例，如果种植棉花，五十年时间就可以将七英寸厚的表土层剥蚀，而生长天然牧草，则可维持二十五万年以上。

我觉得，上面的数据，也完全可以用来解释今天我们身边的土壤恶化现象。中国的许多草原，为什么没有以前绿、厚，而且还不断大片沙化？原因很简单：开发过度。

你认为绵羊很温柔吗？错了。19世纪时，小小的冰岛，有五十万只绵羊漫步于乡间，荒原上见不到一棵树。气候恶化，过度放牧，水土流失自然叠加。如今，只有四万平方英里的冰岛，却有四分之三受到水土流失影响，七千平方英里的土地变得毫无使用价值。

其实，冰岛没什么可怜的，全球十分之一的土地正在沙漠化。

我们不要被资源不会枯竭或资源可以替代的假象所迷惑。

乐观主义者说，地球至少可以顺利维持四百亿人口。悲观主义者告诫，地球满打满算只能承载一百亿，或者，一百五十亿（前提是通过光合作用制造全部有机物）。无论哪种观点，都只是假设，而现实是，这个世纪末，一百亿人口就会到来，看看现状就知道，这个世界，至少还有上亿人口生活在饥饿中。如果再碰上像好莱坞大片中所虚构的那些灾难，许多人就不会这么乐观。

因为，我们正在耗尽泥土。

张伯伦警告人类：如果土壤消失，我们亦将消亡，除非我们能找到以岩石为生的方法。

若干年后，即便能找到，或者迁移火星，那又怎么样呢？其他星球和地球的土壤一样，也是有限度的。

泥土去哪儿了？但愿就在我们脚下，而不要乱纵横飞舞。

万物源于泥土，终将再次化为泥土。

说是这么说，但我和戴维一样，依然十一分的担忧。

为伊折枝

> 挟泰山以超北海，是不能也；为长者折枝，是不为也。大部分
> 时候，我们帮助人，只是折枝而已。

一

读完《庄子》，感觉庄周什么事都讲理，说寓言给你听，讲笑话给你听，是一个不太会生气的智者。但有一次，他却为饥饿生了气，生了很大的气。

马上揭不开锅了，为一家老小计，庄周厚起脸皮，去往他做漆园吏时认识的老朋友监河侯那里借点粮吧。监河侯却找了个理由搪塞：好的，老兄，待我租地上的租金收齐，借你三百两如何？庄周赶了两天的路，眼冒金星腿脚乏力，自然生气了，不过呢，哲学家依旧斯文，

著名的成语"涸辙之鲋"诞生了：昨天早上，我来的路上，听到了微弱的呼救声，仔细寻找，发现车辙辗出的小沟中躺着一条鲫鱼。我很惊讶地问：鲫鱼呀，你从哪里来呢？它对我说：我是东海神的臣子，请给一升水让我活命吧。我立即答应了它：好的好的，东海臣，我将往南去游说吴王、越王，再说动他们引西江的水来迎接你，这样可以吗？东海臣向我大发脾气：我只要一点点水就可以活命，您却这样调侃我，那不如直接去鱼干店找我吧！

小学老师在给孩子们讲这个成语的时候，谆谆告诫：少说空话，多办实事。还要顺带贬一下不讲情义的吝啬的监河侯。

对监河侯来说，庄周只需要几升粮食就可以渡过难关，那大量的银子，庄周眼前并不需要。而且，庄周说得很清楚，是借，不是白要。

救眼前急，帮助人最常见的方式之一。

不吃嗟来之食，是谓接受帮助的底线。

二

现在，我们来看孔子老师帮助人的方式。

朋友死，无所归，曰：于我殡。（《论语·乡党》）

因为家道中落，或者，子孙不肖，无人料理后事，孔子说：我来负责这位朋友的丧葬。

但孔子帮助人，有他自己的原则。

孔子最中意的学生颜回死了，孔老师悲伤之至：这是老天要亡我呀，这是老天要亡我呀！见孔老师哭得如此伤心，跟随在旁的学生劝道：老师，您过度伤心了！孔老师对他们的劝理也不理：我不为这样的人过度伤心，又要为谁过度伤心呢？

这时，颜爸爸向孔老师寻求帮助来了：孔老师，我葬儿子，您的专车，能否借一下，用作运棺的礼车。孔子抹抹眼泪，却摇头不借：不行。去年，我的儿子孔鲤去世，也是只有棺而没有礼车。颜回和孔鲤都是士，依礼，出殡是不得用礼车的。而且，我将车借你做礼车，我自己就要步行送葬，我曾经做过大夫，依礼是不可以步行送葬的。

同学们要为颜回举行隆重的葬礼，孔老师也加以阻止。但这一次，同学们没有听老师的话，孔子于是感叹：颜回呀，你把我看作像父亲一样，我却不能把你看作像儿子一样。同学们做的这件不合礼的事，不是我的主意啊！

也就是说，那个时代，家贫，也不应厚葬，否则就有违礼之嫌。

从理想上帮人确定，从行动上帮人矫正，一切都围绕着"仁"和"礼"两字，这是孔子认为一个理想社会中，完善人格的标配，如果有任何越界行为，都视为需要帮助和教育。

在帮助人时设置一些原则，孔子应该开了先河。

三

雅典城里，有一个人很著名，狮子鼻，厚嘴唇，暴眼睛，矮个子，他就是容貌平凡的苏格拉底。他一直自由自在地生活，白天上街聊天演说，海阔天空，东南西北，身后常常跟一大群人，青年柏拉图，每天上街，就是寻找苏格拉底。

有一天，和苏格拉底居住在不同社区的梅勒托，一纸诉状将他告了：

梅勒托的儿子梅勒托（住于庇托斯区），控告苏福罗尼斯库的儿子苏格拉底（住阿罗珀克区）。他发誓确证以下事实。苏格拉底的罪过是：（1）不崇拜本城邦所崇拜的神，而是介绍新的和不熟悉的宗教实践；（2）更有甚者，他腐蚀青年。本起诉人要求给予死刑处罚。（英 A. E. 泰勒《苏格拉底传》）

苏格拉底可以选择自愿流亡，或者交一笔数额的罚款，也有无数个机会逃跑，但他什么都不做，而是静静地等候审判。在监狱一个多月的时间里，探望他的人连续不断，甚至有不少外国人。他每天都和这些人在谈话中度过，他还第一次写了一首诗来自娱。

公元前 399 年的一个残酷日子，十一人的审判委员会判处苏格拉底死刑，立即执行。日落前，苏格拉底静静地接过狱卒递过来的一杯钩吻叶芹汁，神色镇定，一饮而尽。送行围观的朋友一片哭哭啼啼，有的甚至哭得歇斯底里。苏格拉底双脚开始沉重，躺倒在草席上，并用草荐盖上了头。一阵静默之后，苏格拉底掀开头上的草荐，说了最后一句话：克里托，我们还欠阿斯库勒庇乌斯神庙一只公鸡呢，不要忘记还这个愿。

哲学家苏格拉底对死亡一定有自己独特的认识，死对一个好人来说，就是一场戏的开幕，灵魂会进入更自由的王国。更重要的是，他不越狱，不申辩，只是想用自己的死，来维护雅典法律的权威，并帮助唤醒沉睡的雅典民众。

果然，雅典人终于明白并懊悔了，他们处死了梅勒托，他们还为苏格拉底立了一座雕像。

以鲜活的生命来换取民众的觉悟和觉醒，苏格拉底用死帮助了雅典民众，也成就了自己。

四

我读南宋林洪的笔记《山家清供》，里面有一则《真君粥》，说是一道菜，其实是一种粥，但此粥因董真君帮助人而来。

"真君粥"制作方法极简单：将杏子煮烂，去核，等到粥熟了，再放进去一起煮。但此粥的来历却不简单。

真君姓董，原名董奉，三国时期名医，他和张仲景、华佗齐名。林洪说，他去庐山游玩，听说董真君还没有成仙时，种了很多杏树。丰收之年，他则用杏子换谷子，如果收成不好，就将谷便宜卖掉，灾荒之年，他救活的人很多。后来，董真君白日里升仙，当地有诗流传："争似莲花峰下客，种成红杏亦升仙"。林洪感叹：难道一定要专门炼丹服气追求成仙吗？如果有功德于众人，即便没有死，他的名字也已经进入仙簿了，因此用他的名字来命名这种粥。

这个董真君，医术高明，医德高尚，活人无数。

其实，我在读葛洪的《神仙传》时，已经知道董奉升仙的原因，但细节和林洪记叙的略有不同。董奉在庐山时，为人治病，不收钱物，但也有要求：病重治愈者，病人要在其门前栽五棵杏树，病轻治愈者，种一棵就可以。董奉妙手回春，数年之后，居然有十几万棵杏树种下，等杏子大熟之季，他便以杏换谷，然后用换来的谷子救济贫穷人家，庐山附近的许多穷人都是靠他得以救活的。

以种杏树代替药费，类似于政府实行的以工代赈，但董奉的个人行为，意义显然更高一层。以工代赈，毕竟是一种等价交换，而董奉想的全是施与，且这种帮助人的方式，患者举手之劳便可完成，用杏换谷救济穷人，种杏者也积下了功德，真是一举数得。

白日里升仙，虽无稽之谈，却是民众对董奉的诚挚感赞。某种程度上，数十万亩的杏林，粉红的杏花，黄灿的杏果，也帮助装点了庐山的天空。

喝着真君粥，看着杏花林，杏林春暖，大地和人间，都充满了爱意。

五

家境贫寒的普鲁士青年费希特，迷上了哲学和神学。1791 年，他向著名哲学家康德寻求帮助。康老师颇爱才，他对费希特说：借你钱，到时候你还不出，这有损于你的道德和人格。这样吧，你写一本书，我帮你出版，你就可以拿到报酬了。费希特基于对康德批判哲学的研究，并结合康德哲学和神学领域之间联系，很快写下了长文《试评一切天启》。康老师一看，真有水平，高兴坏了，但他又想到，费希特没什么名气，随便出版一本书，影响不会大，于是他将费希特的名字隐去，匿名出版。

此前，康德的"三大批判"（即《纯粹理性批判》《实践理性批判》《判断力批判》）已经在德国非常著名，而费希特的这本书，也带着浓厚的批判色彩，读者以为，这是康先生又一次推出的大作，于是大卖。一个适当的时候，康德亲自撰文，澄清事实并公开赞扬了费希特的著作，这样，费希特在哲学界的地位，一下子就树立起来了。

我以前写过康德，这位安静的哲学家，内心有多强大呀，一辈子没走出过他生活的镇子，每天在固定的时间和地点散步，以至于镇上的人们将其当作时间来看待，哟，康老师出来散步了，是下午的几点几点，分毫不差。而他对费希特的帮助，就是一种阔大胸怀的显现。

康德大费希特三十八岁，他始终相信，年轻人的成长，合适的机会极其重要，他不仅帮助费希特出书，还推荐费到大学任教。现在，我们在看费希特成就的时候，一定会看到，康德老师对他的影响。

培植土壤，给其阳光，像对待植物一样，让其有足够的成长空间。

这样的方式帮助人，颇似人类社会文明进步的推手，尽管力量是微弱的，但会产生楷模效应，积弱成强。

六

1919 年夏，24 岁的林语堂，已经任教清华，他申请到了去美国哈佛大学留学的一半奖学金，80 美元。那个时候，大名鼎鼎的胡适，风头正健，美国哥伦比亚大学博士毕业，在北京大学英文部教授会做主任，不过，这是个虚职，没什么实权。他听说林语堂的事情后，鼓励林：如果你毕业后肯到北大来教书，我们每月可以补助你 40 美元。但这只是胡适的口头承诺，并没有书面合同。

林语堂自然开心，高高兴兴带着夫人一起去美国留学。但那一半奖学金，再加夫人的陪嫁银元，也经不起食宿、疾病等的折腾。青黄不接时，林同学一个紧急电报打给胡适，胡适立即汇款 500 美元。林同学读完哈佛，又去德国莱比锡大学读博士，而此时，清华的那一半奖学金也停发了。林又一个电报给胡适，请求北京大学支援，不久，1000 美元就到了林的手中。

1923 年，林博士带着满满的信心，回到国内，前往北京大学英文部做教师。自然，他第一件事，就是去找胡适当面致谢。不巧的是，胡适正请假在南方养病，林于是找到蒋梦麟校长，感谢北大这么多年来对他的照顾，他这次是回来报答的。蒋校长一听情况，大吃一惊：我们北大，没有这样的奖学金计划呀，这一定是胡适本人资助你的。

无法描述林语堂当时吃惊的表情，不过，这位日后写了极好的传记《苏东坡传》的大作家，善于描写人物的内心，而他此时的内心一定五味杂陈，难以描述。

我对胡适的认识，在读了一些他的传记后，逐渐清晰起来，撇开他所有的学问，仅做人一项，就让许多人难望其项背。

以虚拟奖学金的方式，帮助林语堂安心完成学业，而且，胡适没有在任何场合张扬过这件事，即便在自己的日记中，也都没有写过。这件事的披露，还是四十多年后，晚年的林语堂，在胡适的墓前悼念，自己说出来的。他说，虽然他最后将钱还给了胡适，但这份帮助，他一辈子铭记。

胡适还帮助过顾颉刚，帮助过陈寅恪，帮助过季羡林，帮助过李敖，虽然帮助的内容不同，但方式都和林语堂的一样，有物质的，有精神的，不求回报，从不张扬。

"我的朋友胡适之"，站在对方的角度，将对方的困难当作自己的困难，设身处地，以对方能接受的方式帮助。他是真正的朋友。

七

下面一些帮助人的方式几乎要被人捏鼻子，但仍不时见诸公众眼前：

给人送一袋米、一桶油，拍照发朋友圈；

敬老院替老人梳个头，洗个脚，拍照发朋友圈；

书包捐赠、棉衣捐赠，还有什么捐赠，一定要拉横幅举行仪式，上报上电视；

隆重的捐赠仪式，某企业郑重举牌捐赠几亿几亿，事后一直赖账，此为诈捐；

爷爷奶奶爷爷奶奶爷爷奶奶，比儿子女儿还亲密，比孙子孙女还甜蜜，爷爷奶奶终于心软了，买下了一大堆甚至一房间的保健品；

一二三四，ABCD，甲乙丙丁，口若悬河，滔滔不绝，营销师骗你没商量。

各位看客大可以一一列举身边的见闻。

如果帮助的目的和方式都被人诟病了，说得难听点，这种帮助就是另一种索取，即便为一己之利行善，也是搏名搏利，皆非良善。

太忙于做好事的人，反而找不到时间去做好事。（泰戈尔）

八

任何人都需要帮助，物质的、精神的，只是，程度和方式不同而已。

即便在大自然，一树一木、一花一草，也都离不开风雨和阳光的帮助。如动植物界的寄生现象，就是一种典型的互相帮助。

推而广之，整个世界，也是由一个帮助的循环结构组成的，极似榫卯，架构严密。你帮我，我帮你，他帮他，它帮它，一脱离，结构就散了。

雪中送炭，胜造七级浮屠。

润物无声，春风三次化雨。

滴水之恩，当涌泉相报。泉映人心，天地同谐。

第三巻　名士集

孔子的旗帜

一、家世

微子启对那个暴烈的异母弟弟也没多大办法，只能洁身自好，商纣王朝无道，还是投奔周人吧，只要生灵不受涂炭。周灭商，周公迁微子启及商遗民至商丘，这就是后来的宋国。微子启就成了宋国的开国始祖，周朝的一个诸侯国。

孔子自己说，他是殷人之后，他们家都姓子，家谱上这样排着先辈：微仲（微子启的弟弟，兄终弟及，他也做过宋国国君），弗父何（第十代），正考父（第七代），孔父嘉（第六代）。孔父嘉，嘉是名，孔是字，父乃美称。按宗法要求，五代以后，后代就要脱离宗室，另立一个族名，就是氏，以区分同姓下的不同家族，孔子先人于是就将孔父嘉的字拿来做氏，孔氏正式诞生，不过，他们仍然姓子。

因无严格规定，虽有孔氏，但孔子的先祖木金父、祈父、防叔、伯夏，直到孔子的父亲叔梁纥，都没称氏，名字里面也没有孔字。叔梁纥，叔梁是字，纥是名，他们仍然姓子，全称应该是子叔梁纥。孔子，名丘，字仲尼，全称也应该是子孔丘。春秋战国时代，大凡男子不称姓，称氏，以明贵贱。战国以后，人们开始以氏为姓，孔仲尼、孔鲤、孔伋、孔白、孔求、孔箕、孔穿、孔慎、孔鲋……孔姓生生不息。目前中国四百余万人的孔姓，孔子后裔的比例占了不少。

孔父嘉死于宋国的一场宫廷内乱，他的后人为避祸，从宋国一路奔逃至鲁国才安定下来。自微子启开始算，到叔梁纥时，已经好多代了，鲁国成了孔子先人安身立命之地。

叔梁纥（公元前 622—公元前 549），鲁国著名的武士，长得高高大大、壮壮实实。他曾两次为鲁国立下大战功，《左传》对叔梁纥有两处赞美，一是"有力如虎"，一是"以勇力闻于诸侯"，因此，叔梁纥升为陬邑的地方长官。

先看叔梁纥的第一次战功，救人。

《左传·襄公十年》详细记载了这件事：鲁襄公十年，叔梁纥被征召前去攻打一个名叫逼阳的小国，此时他已经五十多岁了。叔梁纥勇猛无比，他率领士兵迅速打开了逼阳的城门。正当鲁国士兵要蜂拥入城时，逼阳的守城卒，突然放下了厚重的闸门，意欲里外分而围之。叔梁纥见状，迅速跑到城门边，奋力托举住即将下落的闸门，士兵们安全撤出城外。

七年后，叔梁纥又立了第二次战功，还是救人。

《左传·襄公十七年》也详细记载了这件事：鲁襄公十七年，齐国侵鲁国，齐军大部队将鲁国大夫臧纥的城围得水泄不通。鲁襄公得报，迅速派出救援队伍，但援军行至半道，慑于齐军的威名，竟然折返。叔梁纥闻听此事，立即请命。他率领三百名敢死队士兵，嗷叫着冲进城内，杀出一条血路，将臧纥安全护送到鲁国都城。随后，叔梁纥又搬来救兵，内外夹击，齐军只好撤退。

再说叔梁纥的私事。

叔梁纥娶的夫人姓施，在数十年时间里，一连给他生下九个女儿。

九朵花，家里整天如麻雀窝一样叽叽喳喳不停歇，女儿可爱是可爱，但叔梁纥没有幸福感。众所周知的原因，没有儿子，事业怎么继承？叔梁纥于是又娶了个妾，此妾还算争气，给他生了个儿子。但这个叫孟皮的孩子，却跛足，孟皮究竟是生下来就残疾呢，还是幼时脚受伤而残疾，不得而知，十有八九，彼疾自他娘胎中而来，总之，叔梁纥依然不开心。每每看着孟皮一瘸一拐跟在姐姐们后面跑动的样子，叔梁纥总是轻轻地摇头和叹息。

这样的日子一过就是好多年。某天，六十七岁的叔梁纥，听说他的治下有户颜姓人家，家里有三个娇娇女，鼓足信心，托人前往颜家求亲。

《孔子家语》中，对叔梁纥的这段求婚细节也有详细记载：

> 颜氏有三女，其小曰征在。颜氏问三女曰："陬大夫虽父祖为士，然其先圣王之裔。今其人身长九尺，武力绝伦，吾甚贪之。虽年长性严，不足为疑，三子孰能为之妻？"二女莫对，征在进曰："从父所制，将何问焉。"父曰："即尔能矣。"遂以妻之。

不能不说，颜老爹爹是有眼光的：这位先生是圣人之后，你们看他的身高，九尺，高个父亲生下的孩子还不是个高人呀！还有，他的武功，这个不用说了，全国闻名，他的年纪虽然超过了我，但为人严谨，这些都不是什么大问题，闺女们，我真是爱煞这位女婿了，你们谁愿意嫁？大女儿、二女儿不吭声，这么大的年纪，说破了天，我们也不喜欢。老三颜征在，刚满十七，她挺幽默地对父亲说：这位大人是仗着自己的身份，强行娶亲呀，那就嫁呗，还问什么呢！

古稀的老人和如花似玉的少女，这样的婚姻是残酷的，或许，是叔梁纥碍于面子，或许是大老婆施氏的不开心，总之，叔梁纥与颜征在的婚礼草草了事。婚后，叔梁纥就拉着小夫人的手，去了趟尼山，他们向山神祈祷:给我们一个健康聪明的儿子吧,求求您了!

二、少年

司马迁考察过孔子的家世后,这样说孔子的出生:纥与颜氏女野合而生孔子。

此后,坊间的小道消息满天飞,说是叔梁纥与颜征在野地里苟合而生下孔子,孔子就是个私生子。"野合"两字实在让人有点误会。其实,司马迁的意思应该是指,孔爹孔妈的婚姻,年纪相差有点大,不太符合礼制,一个大夫,娶媳妇也没有办个像样的婚礼,有如乡野之人草率。孔爹孔妈年纪虽差太大,也是明媒正娶,并不是野外躺一下偷个情而意外怀孕。叔梁纥没那么风流,颜征在也是个有家教的姑娘。

公元前551年的9月28日,北方的天气已经开始转凉,鲁国昌平乡陬邑,一个男孩降生的有力啼哭声,打破了周边的平静。老大夫叔梁纥家热闹起来了,又一个儿子降生。老人心中一阵惊喜,仆从随即通报,孩子头顶上虽有个小凹陷,但没别的毛病,是个健康的男儿!大儿孟皮,字伯尼,那么,眼前这个老二,拜山神所赐,头顶还有凹陷,就叫丘吧,字仲尼。

一般说来,三岁以前的孩子是没什么记忆的。叔梁纥对这个小儿子的感情,只能靠人们想象,老来得子,捧在手心,含在嘴中。仲尼小朋友在姐姐哥哥们追逐嬉闹的笑声中应该开心,年轻的妈妈颜征在也觉得眼前的孩子就是她的希望,一定要好好培养他。

公元前549年,七十一岁的叔梁纥突然离世,这一下,颜征在立即面临一个巨大的难题:她与儿子如何在这个大家庭中生活下去?叔梁纥不是什么大官，家庭经济能力有限，家主一去世，全家生活肯定会有问题，无论从什么，颜征在都觉得，她和儿子应该独立出去。

从孔子的成长过程看，颜妈妈这个决定相当正确。她带着三岁的儿子，离开昌平陬邑叔梁纥家，迁到鲁国国都曲阜城内的阙里居住。

回溯一下曲阜的历史。这里是周公的封地，也是贵族的集聚之地，周公长子伯禽从镐京带着众多的典章书籍去掌管封地，一直使用并保存完好，当时的人们就普遍认为，周朝的典章制度及历史文献尽在鲁国。颜妈妈就是要替儿子寻找这样的成长环境，小孔子在文化礼仪氛围极浓厚的环境中耳濡目染，迅速成长为一个少年的礼仪专家。

司马迁描绘了少年孔子学习礼仪的痴迷："孔子为儿嬉戏，常陈俎豆，设礼容"。家门口的空地上，小小少年，神情严肃而专注，将祭器按规定位置一一摆放，方形的，圆形的，祭器里面还要模仿摆上一些祭品，一切都停当，少年又整理了一下服饰，对着天与地磕头行礼。原始社会与封建社会，无论君王与平民，祭祀皆头等大事，祭天祭地祭祖宗，而祭祀有一套复杂的程序，一般人不可能掌握，谁要是学得了这样的本事，就为自己找到了谋生的铁饭碗。

事实上，少年孔子，他的谋生能力要超过一般人：吾少也贱，故多能鄙事（《论语·子罕》）。鄙事指什么？不外乎扫地、担水、砍柴、种收庄稼、耕田耕地、养猪放牛什么的，自己养活自己，什么事都要自己干。这是一个极其简单的因果关系，穷人的孩子早当家。

自然，颜妈妈的志向，孔子的志向，一定不会仅限于此，他们还有更重要的事要做。除了礼之外，少年孔子还学习"六艺"中的其他：乐、射、御、书、数，且特别努力。可以这样说，他是在社会这所大学中自学的高才生，不仅如此，他还将此作为自己一生的理想，无论是否从政，都要积极入世，让自己成为一个完美的君子。

好学上进的阳光少年，一天天长高，转眼就超过了他母亲。颜妈妈依稀记得丈夫的身高，她只觉得，儿子这高度，要超过他爹。还是司马迁，他这样描绘孔子："长九尺有六寸，人皆谓之'长人'而异之"。老夫少妻，九尺高的叔梁纥，儿子已经超过他了。颜妈妈日日欣慰，孩子终于长大了，她不会想到，这个"长人"，会成为后世万世敬仰高不可攀的人物。

然而，上天一直在考验着孔子。三岁死爹，十七岁，风华正茂的少年，前景一派看好，年轻的母亲却离开了他。悲伤击不倒少年，孔子以一般人少有的熟练与老成，一件件地处理着眼前的大事：按礼仪先将母亲浅葬，再尽一切努力寻访父亲的坟，他要将他们合葬在一起。事遂人愿，少年终于完成了他的心愿，曲阜东十余里的防山，现在叫梁公林，孔子的父母就葬在那里。

三、而立

母亲不在，家也不在，但日子必须过下去。少年必须要有一个家。古代男子以二十岁为弱冠，某种意义上说，那时的青年标准是二十岁。

有文化，能吃苦，生活与工作能力都特别强，青年孔丘的好名声在四乡八邻传遍了，上门提亲的不说踏破门槛，一定不会少。十九岁的孔丘，选择了祖籍同是宋国的女子亓官氏结了婚。

我们完全可以这么认为，二十岁的青年孔丘，他的才华与名声，连鲁国国君也知道了，否则，结婚第二年，他儿子出生，国君怎么会送来两条鲤鱼祝贺呢？鲁国是小国，但国君是不会随便给一个平民送礼的。听说，有个叫孔仲尼的，各项才能都出类拔萃，又是宋国贵族之后，其父也立有战功，这样的青年，一定会成为国家的栋梁，他儿子出生，我们应该表示一下祝贺。鲁昭公听了别人汇报，于是作出了送鲤鱼的决定。孔鲤，字伯鱼，孔子唯一儿子的名字中，散发着国君关怀的荣光。

有妻有儿的孔丘，无论什么工作，他对自己都严格要求。他做鲁国权臣季孙氏家的委吏和乘田，非常出色。委吏，管理仓库，会计出纳，料量升斗，账目一清二楚。乘田，管理牲畜，晨饲日养，清扫洗涮，牛肥羊壮。如果这也算从政岗位的话（低级役吏），那么，正如孔子自己所说，只要给他岗位，他一定会做得很好，小到役吏，大到司寇，他都用实践证明了。

韩愈在《师说》中说：圣人无常师。孔子师郯子、苌弘、师襄、老聃。郯之徒，其贤不及孔子。孔子曰：三人行，则必有我师。

孔丘向郯国（鲁国的附属小国）国君郯子请教官职，向大夫苌弘请教古乐，向乐官师襄学琴，向老子学习周礼。每一段学习过程，都是一个长长的故事，其间充满了努力与拼搏、尊重与温情，学生听得入迷，老师教得认真。除了老子，这些人的名气都在孔丘之下。孔丘却满怀谦虚，学一样爱一样，他知道，人在各自的领域里各有所长，许多人都可以做他的老师。圣人是没有固定老师的，谁有本事跟谁学。

终于，虚心的孔丘，学得了满怀的本事，成了受人尊敬的孔子。三十而立，天地间，一个堂堂正正的儒者挺立，有思想，有担当，对社会，对国家。接下来，孔子要开始向世界展示他的抱负了。

四、课堂

孔子最大的理想，自然是从政，他有一肚子的本事，但一开始就不顺。

孔子去了一趟齐国，虽是邻国，但齐国无论哪一方面都要比鲁国强，是个名副其实的大国。齐景公对孔子印象不错，齐国还有著名的宰相晏婴，孔子觉得，齐国应该有他施展的机会。没有料到的是，晏婴强烈反对齐景公对孔子的任用，认为孔子那套理论在齐国大大行不通，于是想尽办法赶走他。齐景公很没有面子，只好以"我老了，不能用你了"作借口，打发走孔子。

但孔子面前，并不是只有从政一条路，他博学，有许多能力可以谋生，比如，替人办丧事，如前述，这不是个简单的差事，它需要极专业的学问，懂行的人少，报酬自然丰厚。不过，这都是孔子平时的副业。

此时的孔子，他选择的主业是办学堂，将教育职业化。一时兴起，没有规划，都不能持久，而要为国家社会培养人才，想让自己的思想得到有效传播，影响更多的人，必须要学堂才行。

《论语》课堂就此打开，鲁国及周边各国学子，有兄弟，有父子，有平民，也有官员，老老少少，齐聚泗水边，孔老师往往一讲就是大半天。

孔门课堂的教材，皆是孔老师自编。他将"仁"作为核心来教育，《论语》近五百章，有五十八章一百零九次讲到了"仁"。如此强调"仁"，这个"仁"到底可以干什么？我的简单理解就是两句话：修身以达君子，为政宽厚爱民。一私用，一公用，无论私与公，仁者爱人，"仁"皆会帮我们达到理想的境界。

有教无类。根据不同学生的不同特点，制定适宜的教学方法，孔老师这个教育方法太好使了，两千五百年来，只要是遵行使用"有教无类"的，皆大获成功。道理其实不难理解，人间万事万物，皆有特别个性，尤其是人，更是个个不同，既然不同，为什么要千篇一律地教呢？于是，樊迟问仁，子贡问仁，仲弓问仁，子张问仁，孔老师皆有不同的回答，每一种回答，都切题合景，学生深有所悟。

孔门课堂上，常有振聋发聩的声音传出。

己所不欲，勿施于人。古往今来，这是最能打动人的八个字，我觉得，这就是仁爱的本质体现。对方是我同类，以己推人，站在对方的立场，设身处地替对方着想，总之，对方在自己的心目中占有重要之地，这个对方其实就是我，在这样的思维与逻辑指挥下，许多对方不喜欢的事情就不会去做。

忽然想，这一条，与那个"黄金律"不是很相似吗？0.618，这样的构图比例的数最和谐，和谐了才好看，才是美，己所不欲，勿施于人，追求的也是人与人之间的关系或者说是自然事物的最佳状态呀。伟大的哲学家孔子老师，注定要伟大，他的品德无可挑剔，他从不强加于人，纵观历史，没有任何一位哲学家如孔子那样体谅人。但是，两千五百多年来，几乎人人都能这样说，也都这样去教育别人，而一旦事涉自身，则未必能做到，即便是对自己的亲人。不过，这能怪孔子吗？这只能怪人性丑陋的一面。

有人统计，《论语》中的成语及固定俗语，多达几百个，仅以首篇《学而》为例：学而时习之、有朋自远方来、不亦乐乎、犯上作乱、巧言令色、一日三省、三省吾身、节用爱人、入孝出悌、行有余力、言而有信、知过必改、慎终追远、温良恭俭让、和为贵、小大由之、食无求饱、居无求安、敏事慎言、切磋琢磨、精益求精、贫而乐道、告往知来。它们都具有浓郁的场景感，时光虽流逝，但这些散发着夫子气息的格言警句，时时击打着人心。

孔门课堂，不仅限于狭窄的陋室中，更多的是在室外广阔的天地间，水边、田间、地头，甚至在流浪被困的途中。情景教学，孔老师走到哪儿，教到哪儿。孔老师知道，人生无涯，但知有涯，教学生，也是在教自己，教与学相长。

著名的"咏而归"来了：

> 莫春者，春服既成，冠者五六人，童子六七人，浴乎沂，风乎舞雩，咏而归。

你一定会被曾皙的志向所迷倒，孔老师也被曾皙不一般的特别志向迷倒了。"仁"与"礼"是孔老师思想的核心原则，而我通俗的理解就是对人类的关心，在他的大原则下，他希望看到更多被仁爱培养出来的生动细节展现，比如眼前，子路、冉有、公西华，他们的志向都很不错，都还是一般入世的政治抱负，而曾皙不是，他追求自由的思想与生活。虽然孔老师本人也追求积极入世，但他胸怀宽广，他的学生，只要按仁与礼的规则行事，内心充实，不去损害公众与社会的利益，无论以何种生活方式生活与工作，都值得赞许。而且，能够实现"咏而归"的理想状态，从另一个角度理解，不就是天下安宁吗？

五、学生

司马迁说，孔老师在漫长的教育生涯中，培养出了三千余弟子，通"六艺"著名的学生就有七十多人。《论语》大教室的黑板报上，永久张贴着孔老师评出的各科先进同学，他们每一个都形象丰满：

德行优良者：颜渊。闵子骞。冉伯牛。仲弓。

言语杰出者：宰我。子贡。

政事擅长者：冉有。季路。

熟悉文献者：子游。子夏。

我这里只说三位著名弟子：颜渊、子贡、子路。

孔老师擅情景教学，比如最常见的就是，利用各种机会让学生言志，然后启发式教学。三大弟子在一起的日子极难得，我也不知道这是不是汉代的韩婴杜撰的还是有记载，但没有漏洞（以下详见《韩诗外传》卷七第二十六章）：

> 孔子游于景山之上，子路、子贡、颜渊从。
>
> 孔子曰：君子登高必赋，小子愿者何？言其愿，丘将启汝。
>
> 子路曰：由愿奋长戟，荡三军，乳虎在后，仇敌在前，蠡跃蛟奋，进救两国之患。
>
> 孔子曰：勇士哉！
>
> 子贡曰：两国构难，壮士列阵，尘埃张天，赐不持一尺之兵，一斗之粮，解两国之难，用赐者存，不用赐者亡。
>
> 孔子曰：辩士哉！
>
> 颜回不愿。
>
> 孔子曰：回，何不愿？
>
> 颜渊曰：二子已愿，故不敢愿。
>
> 孔子曰：不同，意各有事焉，回其愿，丘将启汝。
>
> 颜渊曰：愿得小国而相之，主以道制，臣以德化，君臣同心，外内相应。列国诸侯，莫不从义向风，壮者趋而进，老者扶而至，教行乎百姓，德施乎四蛮，莫不释兵，辐辏乎四门。天下咸获永宁，蝖飞蠕动，各乐其性，进贤使能，各任其事，于是君绥于上，臣和于下，垂拱无为，动作中道，从容得礼，言仁义者赏，言战斗者死，则由何进而救，赐何难之解。
>
> 孔子曰：圣士哉！大人出，小子匿；圣者起，贤者伏。回与执政，则由、赐焉施其能哉！

先说子路。

子路（公元前542—前480），鲁国卞（今山东泗水县）人，姓仲，名由，字季路。子路小孔老师九岁，性格直爽勇敢，也可以说是有点鲁莽，他经常直言不讳地批评孔老师。但他武功好，协助老师"堕三都"，跟随老师周游列国，处处保护老师，孔老师也说："自从我有子路，坏人不敢在我面前撒野了，安全有了保障"。

只要别人有难，仇敌在前，即便后面有凶猛的老虎在追，他也会奋勇挺着长戟，如大虫一样跃起、蛟龙一样勇敢，荡平三军，解救危难！

确实，子路勇敢无人能比，难怪孔老师要赞他是个"勇士"。

子路惨死于一场贵族之间的内乱，被人砍成肉酱。孔老师伤心不已，几个月不敢看酱缸，不敢听闻肉酱这个词。

再说子贡。

子贡（公元前520—？），卫国（今河南濮阳一带）人，姓端木，名赐，字子贡。子贡小孔老师三十一岁，是个经营天才，曾经商于曹、鲁之间，富致千金，善辞令，外交能力突出。

子贡顺着子路设想的场景表达他的能力：如果两个国家即将发生战争，排山倒海一样的士兵已经面对面，扬起的灰尘将整个天空都遮蔽。面对这样一触即发的场景，我不会像子路一样冲锋陷阵，我不用一个兵，也不需要一斗粮，就会平息即将燃起的战火。任用我的国家就能生存，不任用我的国家就会灭亡，分分钟的事情，我保证！

子贡真不是吹牛，齐鲁夹谷之盟后，他受孔老师的委托，十年外交，存鲁、乱齐、破吴、强晋、霸越，无人能及。难怪孔老师要赞扬他的口才能力一等一。

接下来要说这个颜渊了。

颜渊（公元前521—前480），名回，字子渊，孔老师最得意的学生。颜回小孔老师三十岁，以德行著称，贫而乐道的典型，他最著名的品质都是孔老师总结的，"不迁怒，不贰过"，"一箪食，一瓢饮，在陋巷，人不堪其忧，回也不改其乐"。

颜回极谦虚，子路说了，子贡说了，他不肯说，在孔老师的一再要求下，颜回表达了他的志向。颜回的志向，与子路、子贡迥然不同，总起来说，他追求的是，去一个小国家，帮助那里的国君实行仁政，用道德来约束与感化百姓，君臣同心，君民同心，义的旗帜在这个小国高高飘扬，天下所有的国家，都羡慕向往，纷纷向小国学习，有识之士及天下百姓都来投奔这个国家。更重要的是，这个国家所倡导的德行，在天下的影响力越来越大，连遥远的少数民族都纷纷效仿。天下没有战事，百姓遵礼从仁，平安生活，每个人都能将自己的能力尽情施展出来。一句话，天下大同！

不过，颜回说是这么说，他并没有从政的意愿，他只愿意过他那种贫寒而粗陋的生活，将贫当作富，将贱当作贵，无勇而威，与读书人交流，终身无患难。孔老师心里清楚得很，颜回的志向其实就代表他的理想，只要给一个平台，就可以将其治理成一个理想的模范标本。孔老师于是感叹，要是颜回从政，子路与子贡，就没有他们施展才能的机会了。

子路死了，孔老师难受极了；颜回短命而死，孔老师丧魂落魄、悲痛欲绝大叫：这是上天要亡我呀！这是上天要亡我呀！在孔老师眼中，颜回有许多地方都值得他学习，不迁怒，不贰过，颜回的品德，令人难以企及。

子路、颜回都死在孔老师之前，孔老师去世，一般的同学都守孝三年，子贡呢，在老师的坟前又守了三年。这是一种什么样的师生感情？拥有巨大的财富、善辩的口才，都只是子贡的外表，他的内心，对老师无比崇敬。他深知，日后，再过几十年、几百年、几千年，人们的思想与生活，都会受到孔老师的影响。孔老师的思想，一直会像太阳一样，光照世界！

六、中都宰及其他

孔子做梦都想当官，只是没机会，或者机会不足，他一直在积蓄力量，等待时机，像上好的珍珠等待好价钱那样等买主。

公元前502年（鲁定公八年），季氏的那个著名的家臣阳货，终于被自己的权力冲昏了脑袋，他的思维是这样的：既然你季桓子可以架空鲁定公，我不可以架空你季桓子吗？多年来的事实已经证明，阳货确实大权在握，早在四年前，他就曾以私人的名义引诱孔子帮他，又是送小猪，又是侧面吹捧，弄得孔老师也难为情：好的，好的，我很快就要出来做官了。阳货终于忍耐不住而造了季桓子的反，他将季桓子囚禁起来，他还想将季氏杀死夺下全部权力，不料被打败。阳货于是逃往齐国，后被齐国所弃，又逃往晋国。

阳货叛乱被平定，季氏与鲁定公似乎同时都想起了孔老师。哎，孔仲尼在鲁国民众中威望颇高，且他的政治态度几乎完全站在王室这一边，追求国家安定，民众幸福，他又那么想出仕，我们应该任用孔仲尼，先让他去治理一个县吧，嗯，就去中都县。次年，已经五十一岁的孔子，被任命为中都宰。

司马迁用一句话评价了孔子这一次任职："孔子为中都宰，一年，四方皆则之。""则"是什么意思？这里应该作动词"效法"解，就是说，孔子做了一年的中都县长，成就斐然，四方纷纷学习仿效。

孔子在中都宰这个岗位上，做出了什么值得各地学习的成绩呢？

孔子研究专家李木生，陪我去了中都，现在的汶上县。李木生说，孔子一开始出仕，就是心怀天下，他必须将中都治理好，且要短时间出成绩，他将此作为治理天下的一次实践。

孔子挑选了几个学生，一起前往中都，他们的心情，如春季草木勃发那样喜悦，然而，眼前的中都，却以一片凋敝迎接了他们，本该春耕大忙，但大片田地却杂草丛生。他们问了百姓为什么不种庄稼，百姓答：水利多年失修，无法灌溉。民以食为生，春不种，秋哪有收？如此荒芜，孔子的心情越来越沉重。孔子师生行至城内一市场小摊贩前，正见一些人在拉拉扯扯，有哭，有喊。一问，买者要低价，卖主不愿意。买者人高马大，一脸横肉，凶得很;卖者烂衫破裤，一脸菜色，可怜兮兮:俺家这几十个鸡蛋，积攒了好多天，家里病人等着抓药呢，可他却只付半价!

实地调研了一圈，孔县长开始施政了，就如他的教学一样，具体情况，分类实施:凿井挖渠，使良田有保障;根据地力性质因地制宜，养鱼、养虾、种藕、种菱;无主荒地，谁开垦谁所有;各家多余的东西都拿到市场上去流通。只半年，中都大街上就开始热闹起来，店铺作坊一家家相连，各国商品五花八门。生计问题解决，孔子又开始办讲堂，教育百姓懂礼仪、知廉耻。又半年，成效大显。

孔子果然有能力，鲁定公与季桓子都相当满意。鲁定公问孔子:学子此法，以治鲁国，何如? 孔子信心十足:虽天下可以乎! 何但鲁国而已哉（详见《孔子家语》）? 鲁定公拈须大笑，不错，你去做小司空吧，管理国家的工程，不少建筑与道路，都需要修整!

孔县长要离任了，中都百姓倾城相送，东门外十里成了人巷，百姓恋恋不舍。

孔县长感动极了，他脱下一只靴子，以表示曾经在此任职过。李木生说，以前的汶上，曾有楼阁专门供奉孔子留下的"夫子履"。中国历代清官文化里，离任留靴，就是由孔子宰中都开始传承下来的。

对孔子来说，司空这个职位，其实很短暂，不过，他却在人生履历上写下了辉煌的一页。他参加了鲁定公十年（公元前500年）齐鲁之间的夹谷会盟，并为鲁国大大赢回了面子。

夹谷会盟前，孔子已经嗅出了齐景公的不良企图，他们想武力劫持鲁定公，让鲁国彻底臣服，孔子建议鲁定公："有文事必有武备，有武备必有文事。"也就是说，我们必须做好各项充分的准备，配备精兵强将，牢牢掌握主动权，防止会盟出现变数。

显然，主动权一开始就掌握在孔子手里，因为他是这次会盟中鲁国君主的相礼。更因为，孔子所掌握的周礼知识，天下闻名，人人佩服。

《左传》中绘声绘色地描绘了这场会盟。

会盟开始，各自奏乐，齐国先来。齐国响起的是夷狄之乐，这怎么行，你们齐国这样的大国，难道如此不懂礼数吗？庄严的场合，怎么能奏那些不登大雅之堂的夷狄之音呢！赶紧停止，撤下，听我们鲁国奏的周乐吧。齐国乐队立即被斥退，齐景公脸上红一阵白一阵。表演第二轮，舞蹈。齐国想扳回一局，一队滑稽戏演员，侏儒，上场，众人起哄。对严重不符合周礼的节目，孔子大怒：真是下三烂，难道你们齐国就这样对待我们的君主的吗？齐景公的脸上挂不住了，给边上的莱人（被齐国征服）武士使眼色，他们的原计划是，用莱人劫持鲁定公。莱人武士于是列队上场，情况危急，孔子一边用身体挡着鲁定公，让他退下，一边自己迎身而上，严肃地对齐景公警告：两君和好，你们却让俘虏来捣乱，什么意思呀，这不像大国君主的风度！刚才的一切，齐景公都看在眼里，原来的计划，肯定不行了，立即改变，和鲁国结盟吧。

齐景公依然不甘心，写盟书时，齐写：齐军出境，鲁国必须派三百乘车随从。见此，孔子要求立即加上这样的限定句：可以，但齐国不归还我们汶阳一带的土地，鲁国绝不干这样的事！

齐景公无奈地挥挥手：好吧，好吧，郓城、汶阳、龟阳等地，都还给鲁国。

齐鲁会盟，强弱之间的游戏，只要条件基本合理，小国只有接受，接受了，就表示顺服，那么，大国才会给你支持和帮助。在孔司空的努力下，鲁国显然取得了外交上的胜利，齐国不仅签了盟约，还归还了原来抢走的土地。

自然，孔子回国，也得到了重用，第二年，升任司寇，权力相当于宰相，他可以全力实施他的政治理想了。

鲁苏交界处的夹谷山并不高，整个海拔只有三百来米，赣榆当时属齐国地界。陪同人员告诉我，两千五百多年前，夹谷山下还是水面，会盟处在谷的中间位置，这是一个合适的高度。夹谷会盟后，谷因圣迹成佳境，石似莺啼作好声。夹谷因了孔仲尼在会盟上的表现而一举成名，而夹谷山的裂谷中，山风吹过石洞石隙，会发出像莺一样的阵阵鸣叫，更让人迷恋。

栗树林中，一阵劲风吹过，风中似乎夹着莺啼的声音。我知道，那极有可能是我的幻觉，不过，我依然相信，那是一只莺或数只莺，那莺，也许就是孔圣人的使者，它正穿越两千五百年的时空袅袅而来。

不久，鲁定公就下达了这样的任命书：

宋公之子，弗甫何孙，鲁孔丘，命尔为司寇。（《韩诗外传》）

司寇的职责是什么？审判及处理案件。

这时的孔司寇，完全将他仁爱的核心思想贯穿于行动中：

孔子为鲁司寇,断狱讼,皆进众议者而问之,曰:"子以为奚若?某以为何若"?皆曰云云如是,然后夫子曰:当从某子几是。(《孔子家语》)

以仁爱为引导,孔司寇用的是民主的审判方法,有关人员一一找来,你以为如何处理?他以为如何判案?情况逐一掌握、比较、审视,孔子心中有数了:这个案子,父亲告儿子不孝,儿子又告父亲打人,我们这样断吧,将他们各自禁闭三日,让他们自己反省,三日后再重新断。

三日后,父亲想通了,承认了错误,态度诚恳;儿子也想通了,也承认了错误,态度也诚恳。孔司寇断道:你们回家吧,记住,父慈子孝,乃为父为子本分,回家好好生活!

七、丧家狗

家国相连,国就是家,做了四年多官,孔子做不下去了。他离开了鲁国,没有了国,就如同狗一样丧了家。孔子的丧家,起因是没有收到鲁国郊祭而分配的肉,这一份肉是象征,不送给你,表示已经不被国君信任。

没收到肉,也不是无缘无故的,起因就是大司寇任上的大动作"堕三都"。简单地说,鲁国的大权落在季孙、孟孙、叔孙三家大夫手中,简称"三桓"。"三都"是他们三家各自割据领地的城堡,"三桓"们其实都居住在都城内,数代以后,"三桓"的城堡,又被他们各自角色厉害的家臣所占据,家臣们的力量,已经足够与"三桓"对抗,阳货叛乱就是明证。而此时孔子提出的"堕三都"计划，表面上是帮助"三桓"解决权力旁落问题，核心是剥夺"三桓"权力，重归于鲁国国君。

"堕三都"的核心是：

> 家不藏甲，邑无百雉之城，古之制也。今三家（三桓）过制，请皆损之。（《孔子家语》）

叔孙氏的城堡顺利拆掉了。季孙氏的城堡，最大最坚固，管理者公山不狃反抗，但最终被打败，也拆掉了。孟孙氏的城堡，孟懿子虽是孔老师的学生，但他的家臣极有远见：你装作不知道，我抵抗拆堡。学生表面同意老师计划，暗中却全力支持家臣拒拆，从夏天一直拖到冬天，孟孙氏的城堡也没有拆成，鲁定公急了，带兵攻打。这个时候，叔孙氏、季孙氏醒悟过来了，我们的城堡都拆了，我们也就完蛋了，不管他！"三都"最终没完全拆成，孔子大受打击，他意识到，他所面对的，是整个"三桓"势力，他一个人，改变不了局势。

有了这样一出，实际掌权的季孙氏，自然不会再相信孔子了。他可以将责任大大方方地推到孔子身上：你这个计划不行，差点酿成大错！

自此开始，五十五岁的孔子，离开鲁国长达十四年，说好听点是周游列国，说不好听，就如孔子自己说的，他就是一条丧了家的流浪狗。

十四年的流亡经历，一年写一册，至少十四册，每一册都可以写满千页。

早春的气息，扑鼻而来，一切都显示着勃勃的生机。孔子是多么不情愿地离开呀，鲁国生他养他，故国有他巨大的梦想。离开鲁国的那个夜晚，孔子一步一回头，尽管学生们在催促老师快行，赶紧找个旅店住下来吧，但孔子依然慢行着，他希望信使自夜幕中快马急驰而来，带来国君的诚意挽留，然而没有。孔子师生，带着夜的黑暗与故国泥土花草的气息，双脚不情愿地迈过了边境。

求仕、行道、教学，孔子与他的学生，队伍看起来有点浩荡。

司马迁简略地描写了孔子这十四年的主要经历：孔子明王道，干七十余君，莫能用。(《史记》)

拜见了这么多国家的领导人，为什么一个都没有任用他？他们心里清楚得很，孔子名气是大，但鲁国为什么又不用他了？一定有原因。最主要的问题是，孔子观点保守，认为天下已经衰落，失德，缺礼，只有回到旧时代旧道德中去才能恢复兴盛局面，他的"仁义"与"礼乐"，他的"德治教化"，显然都太过理想化，行不通。卫国、陈国、曹国、宋国、郑国、蔡国，国君们对孔老师，表面尊敬，背后却连连摆手，孔老师像一张深秋无根叶，飘过来，飘过去，总是不能落地。

周游列国中许多著名场景，比如子见南子，比如子畏于匡，比如厄于陈蔡，比如津口问渡，比如荷蓧丈人，比如叶公问政，皆如尘封凝固的罐头，加入充分的想象，你可以一一打开，两千五百年前的气息依然浓郁而来。无论多么困苦与艰辛，孔老师都不忘传道与教学，寒风凛冽，饥寒交迫，白霜满地，星辰高挂，险象环生，他始终没有泄气，他看重眼前，也相信未来，他的学生、学生的学生，总会有机会去实现他的主张，完成他的理想。

从五十五岁到六十八岁，十四年是漫长的，孔子用坚定的理想牢牢地抵挡住各种碰壁与孤独。公元前483年（鲁哀公十年），妻子亓官氏也去世了。孔子闻讯，胸口一阵疼痛，这痛，为妻子，更为自己，故乡鲁国真的忘记他了吗？接近古稀之年，或许，他应该返鲁了，家里有儿子伯鱼，有孙子孔伋，还有许多学生等着他，子贡、冉求也已经被任用，且充分体现出了他们的为政能力。

公元前484年，执政的季康子派了三个官员，专程前往卫国，接回了孔子。

孔子生命中的最后五年，日子应该不会太艰难，他有不少学生从政，当政者也经常来问政于他。上课、采风，写书、编书，饱经风霜的苍老声音，常常从孔氏课堂上空溢出，夜已冷已深，孔家书房的烛光中依旧映射出老人长长的身影。身虽已老，手也不断颤抖，可思想却常常泉涌，停不下来。

公元前479年4月11日，曲阜城春寒料峭，冷风刮在人脸上依然生疼。城北的洙水河边，已经泛青的柳叶，齐齐垂下了脑袋，它们在为一位哲人哀悼，这一天，孔子去世。

八、长夜的光

孔子去了，孔子的故事正式开始。

弟子们遵礼守丧。二十五个月啊，一日为师终身为父嘛。日子是单调的，却不枯燥，同学们每天在都在回忆孔老师的教诲，他编过哪些书，他做过哪些事，他讲过哪些话，他唱过什么歌，他什么事开心了，他什么时候生气了，都一一回忆，细细梳理。还有，同学当中的经典语句，也都要记下来。

曾参、有子，你们年轻，你们找弟子负责记录吧。

天一句，地一句；古一句，今一句；东一句，西一句，南一句，北一句；上一句，下一句；左一句，右一句；人一句，物一句。《论语》课堂，犹如生活现场。孔门师生，传道授业，其乐融融。

司马迁说：余读孔子书，想见其为人。

程子曰：孔子言语句句是自然，孟子言语句句是事实。

朱熹说：夫子教人，零零星星，说来说去，合来合去，合成一个大物事。

朱熹又说：天不生仲尼，万古如长夜。

1988 年 1 月，全球诺贝尔奖得主在法国巴黎开会，会后发表了一个宣言，宣言这样指出：如果人类要在二十一世纪生存下去，必须回首两千五百年，去吸取孔子的智慧。

孔子的智慧是什么？是仁，是爱，是有教无类，是适时与中庸。大丈夫处世，立德，立功，立言。简言之，孔子所有的智慧，都在他与学生零零散散的言谈中，或许，正是他政治上的不得意，才有了三千弟子，才有了《论语》。

孔子的旗帜，自春秋而来，穿透两千五百年的时空，依然在星光下飘扬。

《论语》诸字，犹如活泼泼的思想种子，依然在中国及世界大地上茁壮生长。

黄昏过钓台

你是什么人？两千年后读着我的故事。

我从富春山连绵的花树丛中摘一朵鲜花送你；

我从富春江钓台边的云彩锦里撷一片金影送你。

噢，烦请你一一收好。

一、我是庄光

我是庄光，今年已经两千多岁了。以往，都是别人写我，赞我，叫我严光，我其实姓庄。两千多年来，我首次开口，大家别吃惊。

我的故事，如我在富春江钓台边钓鱼篓子里的鱼一样，多得装不下。

我主要回答你们三个问题。

我为什么姓庄。

我叫庄光，字子陵，庄子陵。我的前辈，前辈的前辈，都生活在春秋时期的楚国，原来姓芈，后来姓庄，那个庄周，道家的知名祖宗之一，就是我家祖宗。

本来我是可以一直姓庄的，可是，刘秀的四儿子，就是那阴丽华的儿子，刘庄，他接了刘秀的班，这下麻烦了，后来的历史学家全部将我庄姓改了"严"姓。为什么姓严？《论语·为政篇》里有集注：庄，严也。庄严原来就是一体。我姓严也就算了，连那么大的名人庄子，也要叫严子，这老子庄子，就成了老严。人家是皇帝，我又不在人世，能有什么办法？

要是我活着，你们看看我对皇帝刘秀的态度，你们就知道，我还是有办法的。

我和刘秀的关系。

公元前 39 年，我出生了。《余姚县志》载：严子陵出生于横河堰境内的陈山。那时的余姚，属于会稽郡。汉武帝时，我的高高祖庄助，做过会稽的太守，官不小了吧，他就将家迁到余姚。高高祖和淮南王刘安私交不错，不幸的是，他后来卷入刘安的政治旋涡，被杀。

我爹爹庄迈，做过南阳郡新野的县令，我从小就随爹爹生活。我也没有多大的本事，就是喜欢读书和思考，《尚书》是我的专攻。我虽博学，依然要各处游历，这样的书才会读活。长安，全国的政治文化中心，自然要去看看。我虽看不上王莽的新朝，不过，他对教育的空前重视，让我对他有了好感，听说他在京城为学者大盖专家楼，已达万余座，还成立了不少古典文献专业研究所。最让天下学子开心的是，太学的招生量年年扩大，学生已经达万人规模了，这是世界上最早的万人大学啊，我必须去。

也就是在长安太学，我认识了刘秀，刘文叔。我俩志趣相同，一起研读《尚书》，虽然我比他大32岁，虽然我的学问超过他，但一点也不妨碍我们称兄道弟。刘文叔是刘邦的第九世孙，不过，他们家道老早就中落了，他爹只不过是一个小县令，和我爹一样。

刘文叔显然比我命苦，九岁就成了孤儿，被叔父收养，成了一个十足的平民。一个平民，将整个天下都收归自己的囊中，这得有多大的力量、智慧、胸怀？自然，我也是十分佩服小弟刘文叔的。

有一次，我和刘文叔一起同游霸陵。驿站旁有个八角亭，亭中有块汉白玉碑，我们看那碑正面，是"故李将军止宿处"，下有"新乡王莽敬题"字样，碑的背面，还有王莽写的一篇颂辞。刘文叔读后，大发感慨：这个王莽，依靠裙带关系爬上高位，找个小孩子做皇帝，明摆着是想篡权。唉，我们刘家王朝还能中兴吗？我见他话里有话，立即循循善诱：眼前汉家局势岌岌可危，兄要有雄心壮志，以拯救天下苍生百姓于水火为己任。

果然，我没有看错他。

但刘文叔要请我做官，我不愿意。

不是咱庄光吹牛，先前，王莽没做皇帝前也来请我去做官，不是请一次，是两次；他做皇帝后，又来请我做官，我依然拒绝。为啥？

这就是第三个问题，我为什么不做官。

我那高高祖庄助，死于刘安的政治旋涡，我们家是吓怕了，当官风险真大，不是一般的大，尤其是伴君，飞鸟尽，良弓藏，狡兔死，走狗烹。文种就是最典型的例子。

不过，这样说我不做官，显然是没有风度和气度，我还有别的多个原因。

先前，我去长安，其实也是有理想的，王莽政权大兴教育，广纳人才，我不是没动心过。幸亏没做官，看看王莽的结局，被刘文叔像杀一只鸡一样处理了，就够心冷的，官场的险恶和复杂，略见一斑。

还有，刘文叔起先封的是郭皇后，后来废郭后升阴丽华为皇后，原因就是，郭色衰，阴美丽，连原配妻子都这样无情，更不要说他的臣子了。

刘文叔三番五次来找我，我也去了。那一晚，我故意将脚搁在他的肚皮上，就引起了那么大的天文事件，"客星犯帝座"，帝受得了，我却受不了。我受不了那些嘀嘀咕咕的人，这还没做谏议大夫呢，要真做了，还不得遭遇怎么样的口水呢，我怕被口水淹死。

所有这一切，想想都寒心。

还有，还有，我们的庄周前辈，虽然是个"漆园吏"，算不上官，但他内心坚定，清净无为，一直是我学习的榜样。他的精神指导老师，老子的"我有三宝"，我是当作座右铭的：我有三宝，持而宝之，一曰慈，二曰俭，三曰不敢为天下先。条条都对着我而讲，我持有它，一辈子可以过得安宁。

接下来，我要去归隐了。

二、富春山隐

富春江畔富春山，古往今来皆文章。

富春山并不险峻，却极有特色，树石相依，是那种天生为画而生的褶皱山。这一处叫钓台，有东西两台之分，其实就是山上的两根大石笋。寒武纪的造山运动，留下了这一自然杰作，不大，但精致。蓝天下，富春江水潺湲流动，这富春山上的石笋，显得特别合时宜，如果没有这一阳刚之物，富春山就会阴柔许多。

东台石笋上方有一块大石坪，上可坐百余人，突兀伸悬江岸。几乎所有的人上山，都会登此台，俯瞰一下江和山，继而再感喟一番。

现在，和煦的春风里，我和庄光，白发渔翁，就坐在东台上闲聊。

我知道有群星同他说话，他会与银白色的月亮做游戏，天空也在他面前垂下，用朦朦的云和彩虹来娱悦他（泰戈尔《新月集》）。

我的疑问，直接抛给了庄光先生：听说，刘文叔曾经给您写过一封信（《与庄子陵书》）？有这事吗？

嗯，有的，庄光捋捋白须，抬起双眼，望了一眼天空中偶尔掠过的飞鸟，慢悠悠地说着：文叔这封信，也没讲什么，只是表达了一些无奈和遗憾罢了。

> 古大有为之君，必有不召之臣，朕何敢臣子陵哉！惟此鸿业，若涉春冰，譬之疮痛，须杖而行。若绮里不少高皇，奈何子陵少朕也！箕山颍水之风，非朕之所敢望。

文叔心中门儿清，我是不敢强求庄子陵兄来替我做事的，但是，我目前在做事业，碰到了许多困难，大大的困难，有的时候，我都像老人拄着杖一样行路。即便如此，我也不能奈何庄子陵，他喜欢山水，他不喜欢官场，不过，我真是有点不甘心呀！

庄光说这封信的时候，除了有些歉意外，脸上并没显露什么表情，十分淡定，人各有志嘛。

您为什么会选择富春山而隐呢？我直接问了关键的问题。

庄光站起身，伸了伸懒腰：桐江这山水，人见人爱呀。喏，往东方向，那分水江和富春江的两江口，那座小山上，黄帝时期的桐君老人，就结庐于桐，指桐为姓，花草满地，星月满天，随着智者的脚步，不会有错。

庄光指着眼前这片天地，加强了语调：对我来说，任何地方，都没有这里来得清静，让人心安。

不过——，庄光说到这里，用了一个转折：我今天在这里安贫守道，还要感谢我的岳父梅福的指引，我喊他梅老师。当时，我在长安研学，梅老师已经是经学大家了，他研究《尚书》《穀梁春秋》富有成果，晚年还致力于道学、医学，探索仙术，梅老师也被人称为"梅仙"。梅老师欣赏我，将他的女儿梅李佗嫁我为妻，他是我的守道引路人。

据《会稽典录》记载，庄光将臭脚搁在刘文叔肚皮上引发的事件，应该是建武五年（公元 29 年）。庄光（后面我就称他为严光了）离开洛阳后，就到富春江隐居起来。

《严氏宗谱》记载，严子陵先后有两位夫人，元配梅夫人，生子严庆如，他的后裔就是姚江严氏支系，这一支还有人由余姚迁移到福建漳州和陕西的户县。隐居富春江，续配范氏生子严伦、严儒，他们的后裔，就是今天的桐江严氏支系，包括由桐庐迁到淳安、开化、东阳、江西南昌、分宜、宁都、建安、黎川等地，还有福建的福州、莆田、龙岩、永定、三明，甚至远至印尼、新加坡、马来西亚等东南亚地区。

到现在为止，严氏子孙，已经传至七十代左右。

我当年在毕浦中学当老师时的同事，严兴华，数学教师，学校的党支部书记，为人正直，办事公正。陆地同学刚出生时，我还住在学校的单身宿舍。学校有十二套楼房，基本都是老教师及成家的教师居住，刚好有老师调走，空房腾出，但我才教了几年书，资历似乎不够。严兴华力排众议，认为我是高中骨干教师，还算优秀，符合住套房条件，我挺感谢他的。家里有个小孩，还有老人，带卫生间的套房，真是要方便许多。后来，我得到讯息，他就是严光的后裔。桐庐分阳《严氏宗谱》记载：严子陵后裔三十三世孙严邦伦，曾为工部员外郎，他仰慕先祖之高风，辞官归隐于分水南邑五管之夏塘，子孙分别繁衍于夏塘、严村、潘村、和村、朱边畈、歌舞岭等地。严兴华说，他们家的始祖，就是从第二十八代迁到夏塘村的。

2016 年 4 月 1 日，在金华的澧浦，我发现了一个诗意的名字，琐园村。

抬头就是一条深深的古街，幽远深邃，街头有几丛玫瑰在调皮地笑着，我忍不住和古街合影。琐园，大部分是严光的后裔。

读古典笔记多了，总觉得这个名字和笔记有关，急问导游：为什么叫琐园呢？原来是"锁"，一把锁的锁。严氏先辈认为，锁字不利于向外发展，将自己锁住，就是闭关自守，改成"琐园"，王字旁，就是玉，玉也象征人的品格，做人的操守，琐园就这么诞生了。

严光学问很深，却没有什么作品留传下来。不过，严氏的家谱上赫然印着《子陵公省身十则》和《子陵公遗训》。

《子陵公省身十则》极其简单：

> 敬君亲，立纲常，尊耆德，笃伦理，亲贤良，勤自省，远奸佞，寡嗜欲，信赏罚，慎言辞。

《子陵公遗训》，内容比较多，这里摘录几条：

> 广置田园，不如教子为善；
> 颜子箪瓢，人知其贫，谁知其富，此箪瓢中万事皆足；
> 不贪则百祥来集，贪则众祸生；
> 道无大小，何处非道，当于日用中求之；
> 贤者干事谨终如始，一事未毕，彼事不为，彼事虽功倍亦不顾，十百千万皆本于一；
> 凡有家者当行七事：好善，平直，谦虚，容物，长厚，质朴，俭约。此可以成身，可以成家，而道在其中。

果然，在琐园村，严氏的后人，将严光的品德，当作他们传承的精神支柱。怀德堂，中间是严光的像，左右的对联，我们熟知，范仲淹所写：云山苍苍江水泱泱，先生之风山高水长。

祠堂里有一块匾，上有琐园村家规家训选登，摘录几条：

> 良田百亩，不如薄技随身。——严炎明
>
> 耕读为本，不可不务。——严勇岳
>
> 一头白发催将去，万两黄金买不回。——严锡文
>
> 每事宽一分即积一分之福。——严国升。
>
> 施恩无念，受恩莫忘。——严宗全
>
> 俭以养廉。——严伯寅

严光后人，将"山高水长"当作他们的精神标杆，他们无论行事修身，都以技能、耕读、惜时、宽容、报恩、勤俭等为标准，自觉践行。

小家，大国，原理其实相通，单薄的家训，却可以汇聚成强大的精神洪流。

三、春水潺湲

严光隐居富春山，他自己万万没有想到，富春江山水，近两千年来，一切都因他而灵动活泼起来。这里，成了隐逸文化的重要起源点，也成了历代文人雅士的精神朝圣地。

谢灵运，奔着他心中的偶像严光来了。

谢灵运对山水的喜爱，爱在了骨子里。他甚至组织人马，从他家的别墅始宁山庄开始，一路砍山伐树到临海，为的就是要看剡溪两岸的景色。他登天姥山创制的鞋子，"谢公屐"，让李太白做着美梦，一路追着。自然，他是不会放过富春山水的，那里隐居过的严光，同是会稽人，他必须去。而且，他去永嘉做太守，这富春江也是必经之路。这一下，就写了四首诗，而且，主要是写富春江，写严子陵钓台。

《富春渚》《夜发石关亭》《初往新安至桐庐口》《七里濑》，这四首诗中，后两首，全部写桐庐境内的人文风光。

现在我们来看他的名篇《七里濑》：

> 羁心积秋晨，晨积展游眺。孤客伤逝湍，徒旅苦奔峭。石浅水潺湲，日落山照曜。荒林纷沃若，哀禽相叫啸。遭物悼迁斥，存期得要妙。既秉上皇心，岂屑末代诮。目睹严子濑，相属任公钓。谁谓古今殊，异世可同调。

濑的本义是沙石上流过的急水。七里濑，又称严陵濑、子陵濑、严滩，就是严光隐居地的这一段江，现被人称为"富春江小三峡"，上至建德的梅城，下到桐庐的芦茨埠，是百里富春江最优美灵秀的江段。

谢灵运，显然是心事重重，昨晚没睡好，不过，虽是贬谪，还是要赶路去赴任的。小船逆流慢行，秋天的早晨，这富春江的景色确实宜人，看着那满山红了的枫叶、急流的江水、陡峭的江岸，还有，荒山野外，落叶纷纷，秋日里的禽鸟，叫声就开始凄凉起来了。也有好心情，傍晚边，船过江流平缓地段，清流中石头都看得很清晰，水流得也缓慢，那太阳落下去的柔光，照得满山生辉。贬谪的游子，触景伤怀，不过，我已经悟出了人与自然和谐相处的微妙道理，我根本不在乎别人如何看我，这严子陵，那任公，都是我学习的榜样。只要有一颗安定的内心，就可以志存高远，这个道理，古今都一样。

"石浅水潺潺，日落山照曜"，这"潺潺"，用得多妙呀，弄得后来的诗人留恋不已，不怕抄袭嫌疑，反而频频援用，实在有点反常。

唐武宗会昌六年（846年）秋天，江南丘陵连绵，翠绿的山道两旁，秋果硕硕，枫叶红了，四十四岁的杜牧，从池州刺史任上调任睦州刺史。睦州是偏僻小郡，"万山环合，才千余家。夜有哭乌，昼有毒雾。病无与医，饥不兼食"（杜牧《祭周相公文》）。偏僻而落后，环境与生活条件都差，且离长安越来越远，杜刺史的心情可想而知。

然而，杜大诗人到了睦州后发现，这地方的山水和百姓其实都挺不错，"水声侵笑语，岚翠扑衣裳"（《除官归京睦州雨霁》），谢灵运的"潺潺"用得太好了，他要继续用！于是，著名的《睦州四韵》，将唐代睦州山水活画了出来，成为唐诗中的经典：

> 州在钓台边，溪山实可怜。
> 有家皆掩映，无处不潺潺。
> 好树鸣幽鸟，晴楼入野烟。
> 残看杜陵客，中酒落花前。

几乎所有的文人学士，都对严光崇拜之至，杜刺史也不例外。工作之余，他一定会去州府梅城下游三十里的严子陵钓台，除膜拜之外，更有对富春山水的流连。在杜诗人眼里，这两岸的山水，实在太可爱了，白墙黑瓦，茅屋人家，忽隐忽现，溪水潺潺，流过山石，漫过山涧，小鸟在茂林中幽幽地啼叫，日近正午，农户人家的炊烟袅袅升起，家家都住在风景里，而我，客居于此，真被眼前的美景陶醉了，我像一个喝醉酒的人一样，倒在了落花前。

我读唐以前写严子陵及富春江的诗中，"潺湲"纷纷跳入眼帘：

南朝沈约：愿以潺湲水，沾君缨上尘。(《严陵濑》)
唐朝洪子舆：水石空潺湲，松篁尚葱蒨。(《严陵祠》)
唐朝孟浩然：挥手弄潺湲，从兹洗尘虑。(《经七里滩》)
唐朝张谓：高台竟寂寞，流水空潺湲。(《读后汉逸人传》)
唐朝严维：舟人莫道新安近，欲上潺湲行自迟。(《发桐庐寄刘
员外》)
……

"潺湲"太有名了，据《严州图经》标注，梅城曾建有"潺湲阁"。
我幻想着走进潺湲阁。阁中，谢灵运、杜牧的塑像一定大大的醒
目，是他们的诗，成就了这个阁。自然，沈约、吴均、刘长卿、王维、
李白、孟浩然、白居易、苏轼等等，这些历朝历代著名文人墨客抒写
睦州山水的诗画，也都要一一展示。看那些诗，诗意画面感顿生，看
那些画，画意却如诗般凝练，睦州的美丽山水，都如精灵般生生活
化了。
想象不尽，一时竟有点恍惚。
和杜牧同时代的著名诗人方干，他的老家就在严光的隐居地边上。
方干是晚唐著名诗人，《全唐诗》收录他的诗就有 348 首。他虽有
才，却因为容貌有点缺陷（唇裂），多次考试，成绩优异，都没有被录
取。这样的境遇，注定了他的人生不会太得意。不过，他并没有太多
的消沉，原因就是，他家边上有严光。看他的《题家景》：

吾家钓台畔，烟霞七里滩。庭接栖猿树，岩飞浴鹤泉。
野渡波摇月，山城雨霁钟。严光爱此景，尔我一般同。

《题钓台》：

> 苍翠云峰开俗眼，泓澄烟水浸尘心。
> 惟将道业为芳饵，钓得高名直到今。

飞泉、野渡、哀猿、孤月，严光体验到的，他也在体验，只不过，山色更浓了，树木更壮了，我的家乡，真是修身养性的好地方。

三月三日天气新，富春江边访故人。

己亥三月三，气温上蹿得让人只能穿一件衬衣了。方劲松陪我去严陵坞，他做过县文化局长，现在是县编办主任，他是方干的后人，家里有家谱。严陵坞就在严子陵钓台的正对面，车贴着富春江水边的简陋公路蜿蜒行进。十几户人家的小村，极安静，水边一排老松，松与松之间有横索连着，村民晒着毛笋干。那些笋干的样子很特别，看着像扁扁的鲳鱼，鲳鱼不是铃铛，风吹过来，它们只左右摇晃而已，默默无闻。透过鲳鱼，对面的东西钓台及严陵祠，都清晰可见，只是，隔着宽阔的富春江水面，那些山石和屋宇的样子都极小。

说来惭愧，我去过钓台多次，却从未到过这个严陵坞小村，而这里，是观察钓台的另一个极好的侧面。

门前有大大的竹簟垫，上面摊着茶叶，我们走进水边的林锋伟家，他正和父亲一起做茶。他家有五十多亩茶山，他做红茶，芦茨红，芦毛红，都是用别人的品牌，他也做绿茶，他说自己刚刚注册了一个叫"钓台林上"的品牌。我们喝一杯绿茶，满口的清香，再换一杯红茶，圆润可口。我们一边喝茶，一边闲聊着钓台。1977年出生的林锋伟说，少年时的夏季，他常和几个同学一起，游到对面。"天下十九泉"中常有游客丢下的硬币，他们捞硬币，回家买棒冰吃，不过，严陵祠里，他们是不敢进去的。我们听了都笑着说，水性真好，胆子真大。

富春江水电站 1960 年建设以前，芦茨溪两边，搭个木桥，来往方便。画家李可染的名作《家家都在画屏中》，溪水潺湲，古木葱郁，青山白云，下湾渔唱，东山书院，孤屿停云，炊烟袅袅，都是天然景观，芦茨村美得让人心醉。

方劲松，芦茨村原村主任方祖伟，方干乡土文化研究者方术生，都是方干的后人。现在，我们就站在"孤屿"前，这真的变成了一个四面临水的小岛了。二十多年前，我还在岛上住过一晚，水边有一棵唐松，是芦茨湾的标志。唐松枝杈茂盛，虬枝四展，如同黄山上的迎客松那样耀眼。方祖伟指着眼前这一片水域说，这棵唐松，据说为方干所植，这里，原来就是方干的故居，水电站一修，都在二十多米深的水下了。

方干自己因相貌原因没有入仕，而他的后人，却替他争足了面子。在宋一代，自他的八世孙方楷，仁宗天圣八年（1030 年）登科以来，一直到他的十三世孙方登，理宗淳祐十年（1250 年）登科。两百多年来，共出了十八位进士，称芦茨为"进士村"，毫不为过。

方干和严子陵是近邻，多写了几句，再转回诗人们赞颂严光。

一定要说到李太白。《李太白全集》中，直接或间接写桐庐的诗有十二首之多，自然，他写桐庐，主要讴歌对象就是严子陵。试举一首《古风》：

> 松柏本孤直，难为桃李颜。昭昭严子陵，垂钓沧波间。身将客星隐，心与浮云闲。长揖万乘君，还归富春山。清风洒六合，邈然不可攀。使我长叹息，冥栖岩石间。

松柏就是松柏，它不可能像桃李一样，为春天而奔放。高洁透亮的严子陵，就在富春江这碧波之间垂钓，他的心，与浮云一样悠远，他不事王侯，归隐富春山，他树立起的做人标杆，看似清风拂人面，实则是让人学不来。唉，和他一对比，我更加惭愧，我也要学他一样，将俗身寄托在这富春山水间。

据文友董利荣先生的不完全统计，向严光表达敬意的唐代诗人就有七十多位，洪子舆、李白、孟浩然、孟郊、权德舆、白居易、吴筠、李德裕、张祜、陆龟蒙、皮日休、韩偓、吴融、杜荀鹤、罗隐、韦庄，包括曾在睦州做过官的刘长卿、杜牧，隐居桐庐的严维、贯休，还有桐庐籍诗人方干、徐凝、施肩吾、章八元、章孝标等。

诗人们借景抒情，借人抒怀，严光，严光在富春山的钓台，几成赛诗台。

四、先生之风

北宋景祐元年（1034年）春，右司谏范仲淹，提了不该提的意见，反对宋仁宗废郭后，被贬为睦州知州。范在睦州的时间不长，只有半年，却翻开了睦州文化史上灿烂的一页，这就是大规模修建严先生祠，并写下了留传后世的记。

桀骜不驯的严光，将脚搁在什么地方睡合适呢？"早知闲脚无伸处，只合青山卧白云"（宋·林洪《钓台》），富春江畔，富春山下，此地正合适。高官厚禄，唾手可得，可他却弃之如浮云，他爱的是富春山上的白云，富春江中的清流。这大约就是后人无限崇拜的原因。

因仰慕严子陵高风而到钓台拜访的文人骚客，数不胜数，上举仅唐朝就有七十多位，几乎涵盖了那个时期所有重要诗人。等范仲淹到严子陵钓台时，严光祠已经破败不堪，他必须马上做点什么，立即组织人员全力以赴修缮。并且，写下了著名的《桐庐郡严先生祠堂记》（北宋时，睦州郡也称桐庐郡），结尾有名句：

> 仲淹来守是邦，始构堂而奠焉，乃复为其后者四家以奉祠事。又从而歌曰：云山苍苍，江水泱泱。先生之风，山高水长。

范仲淹几次提到本次修缮，从他的书信中可以得知，他是派得力助手、从事章岷推官主持这项修建工程的。章岷是福建浦城人，天圣年间进士，为官也勤勉，后官至光禄卿。章也是北宋诗人，范和他的关系处得相当不错，时常和诗来往。

都是文化人，想来章推官在主持修建时，也是用尽脑子，尽量将工程做得完美一些。范仲淹还专门请来会稽的僧人画严子陵的像，又亲自写信，向大书法家邵疏求字，那篇后记，他自然十分尽心了。

我在南宋洪迈的笔记《容斋随笔》卷五，读到了关于范仲淹写祠堂记的趣事，这是一则著名的"一字师"故事：

> 范文正公守桐庐，始于钓台建严先生祠堂，自为记，用《屯》之初九，《蛊》之上九，极论汉光武之大，先生之高，才二百字，其歌词云："云山苍苍，江水泱泱。先生之德，山高水长。"既成，以示南丰李泰伯。泰伯读之，三叹味不已，起而言曰："公之文一出，必将名世，某妄意辄易一字，以成盛美。"公瞿然握手扣之。答曰："云山江水之语，于义甚大，于词甚溥，而'德'字承之，乃似赘赘，拟换作'风'字，如何？"公凝坐颔首，殆欲下拜。

这则笔记，记载了范文的精妙处，但用"云山""江水"等词来接

"德"字，则有局促、急速之意，不如用"风"，气韵自然和顺，崇敬心情也油然而生。

难怪，范内心里吟诵了几遍后，就要给李泰伯下拜，这一个"风"字，改得实在太妙了。

除此外，范仲淹还为严祠的长久保护建立了制度，免除严先生四家后裔的徭役，让他们专门负责祭祀的事情。范仲淹定下了政府修缮的规矩，从此，自北宋到民国，严先生祠一共修缮了二十六次之多。

严先生高风之明灯，被范仲淹大大拨亮。先生之风，永世流传。

范仲淹之后，南宋的张栻也来严州任职。他继续将严先生的精神发扬光大，在梅城建起了严先生祠：

> 栻窃惟此邦所以重于天下者，以先生高风之所以存也。虽旧隐之地，祠像具设，而学宫之中，烝尝独旷，其何以慰学士大夫之思，乃辟东偏肇举祀事。

在张知州的心中，严州之所以为天下人所注重，都是因为有了严子陵。他看到的现实是，只有严先生的隐居地钓台才有祠堂祭祀，而我们州府所在地梅城，比如学堂内却没有祭祀他的地方，这怎么能抚慰士大夫们景仰严先生的感情呢？于是，他让人将学宫东侧偏房整理出来，用来塑像祭祀。

建德文史专家朱睦卿先生的老家就在梅城，他对这座古城的历史如数家珍。他告诉我，南宋时，梅城是有一处严先生祠，明万历年间移建到城东的建安山麓，光绪二年又南移至东湖之滨（现在的建德市第二人民医院大门之南）。该祠结构宏敞，梅城人都叫它"严陵祠"。

庚寅冬日，阳光晴好，我又一次登上了钓台。

富春山，东西台及台下的各个牌坊等建筑，倒映在碧绿的江水中，影影绰绰，船靠岸，水波会晃荡一会儿，这时，影子们也会乱上一阵。过沧波桥，经清风轩，再到客星亭小息，看着江波，想着严光搁脚在刘秀肚皮上的故事，便会心里轻笑一下。嗯，快点走，严先生正端坐在祠堂里等你呢，好好拜访。沿着严先生祠堂的东侧山麓，可以慢慢欣赏碑林，数百米长，一百方精致碑文，内容自然是历朝名人雅士题赞钓台和严光的诗文，书法皆由当今国内及日本、韩国、新加坡等地的书法名家所书。

碑廊外，谢灵运、孟浩然、李白、白居易、范仲淹、苏轼、李清照、赵孟頫、唐寅、郑板桥等二十位名人的石雕像，以各自的方式挺立在竹林中。十年前，陆地同学读小学不久，我就带着他一个个拜访了，这个李太白，这个苏东坡。他看得挺认真，只是好奇：爸爸，这些名人为什么都藏在钓台的竹林中呢？嗯，他们都来过这里吧。他脑筋转得挺快。那些雕像，特别亲切，和这青山碧水，也特别相配，但他小小年纪，对严光的品格及这些诗人写严光的诗意，一定没什么体验。说实话，那时，我也并没有多想，只是觉得，钓台，富春山，一个能让人静下心来的地方。

登山上台的过程，也需要心境。

王韬是清末杰出的思想家、政论家，他的《严子陵钓台游记》里有一个细节，如画般跃然纸上：

遥见前山苍莽中矗一峰，峰脊二石壁，东西并峙。一怪石陡起，露亭角一。顶上小松十数，大松圆如盖。舟人呼曰："至矣，至矣！"山中闻画眉鸟一声，翛然意远。余语诸君："此严先生青鸟使来迎嘉客，吾曹幸不俗，宜一志屏虑，然后敢见先生。"语已，至祠下，舣舟于石。

钓台那块巨大的石头，是富春山自然大画中的眼睛，李太白甚至希望"永愿坐此石，长垂严陵钓"。咸丰十年五月的那个下午，山水静默，忽闻一声画眉，意境深远，因为在作者王韬眼里，这只画眉乃是严先生派来的青鸟使者。这是一群卓尔不凡的人，才会有如此礼遇，而去拜见先生，必须专心专一，摒弃人间的污浊和烦躁。反过来，只有放空的心境，才会将这一只普通的画眉，当作青鸟使者。

我在台上临风，清风拂我脸，此情此景，内心万念快速流动，时光倒流，严光、范仲淹，都在富春江畔复活，我无比亢奋。

自然，睦州人民也不会忘记范市长，桐庐建有范仲淹纪念馆，梅城以前有范公祠，现在也新建了"思范坊"。

纪念人，再被人纪念，文化传播的种子，勃发而绵长。

五、桐庐颂歌

范仲淹大修严先生祠，严光的文化地位得到空前提升。严光几乎成了桐庐山水的代言人，他成了富春江的灵魂核心，文人们朝拜严先生也加快了脚步，并且，他们纷纷为桐庐的山水折服，有诗文为证。

范仲淹自己亲历亲为。

范仲淹在睦州的半年，诗情才情皆大暴发。他创作了占其诗歌总量六分之一的诗歌，比如《江上渔者》，活画出富春江的日常形态：

> 江上往来人，但爱鲈鱼美。
> 君看一叶舟，出没风波里。

比如《潇洒桐庐郡十绝》，请注意，是十绝，对一个地方一咏再咏，这需要一种别样的感情，不岔开，我已多次写过，最喜这四句：

> 潇洒桐庐郡，春山半是茶。
>
> 新雷还好事，惊起雨前芽。

清明前后，正是茶叶采摘季。范知州行走在他辖下的各个县乡，群山青翠，而春山的一半是茶，那春雷呀，你不要叫醒那些睡着的萌芽。

诸多日常，范知州都以诗歌的图像呈现于人。

王安石的《钓台》来了：

> 汉庭来见一羊裘，默默俄归旧钓舟。迹似磻溪应有待，世无西伯岂能留。
>
> 崎岖冯衍才终废，索寞桓谭道不谋。回视苍生终不遇，脱般江海更何求。

一看就是个书读得装不下的大学问家，借多个典故，来表达自己的情感。自然，起笔就写严光不事王侯，耕于富春山，这严先生真是潇洒，五月了，还披着羊裘装酷吗？不是不是，富春山雾气朦胧，不比你们热闹的都城，老汉我受不得凉。姜子牙直钩钓文王，他真是运气好，碰到了明事的周文王；杜陵人冯衍一生不得志，名士桓谭也一直不被人赏。那些人呀，都和我一样，不受君王赏识，还不如学严光，脱身官场，直奔江湖，日子舒畅。

老王拜相罢相又拜相又罢相，虽有一肚皮抱负，但日子过得并不安耽，罢相之时，自然会想起那逍遥山水的严先生。

保守派得势，新法皆废。但新法实施，保守派受打压。

此时，司马光正长时间在洛阳退居呢，宦海的沉浮，他也写了《子陵钓台》，缅怀他的偶像严光先生：

> 吾爱严子陵，结庐隐孤亭。滩头钓明月，光武勃龙兴。三诏竟不至，万乘枉驾迎。吁嗟今世人，趋走公卿庭。缔交亦欢悦，意气颇骄矜。其如古贤操，松筠耐雪冰。

司马老夫子的这首五言诗，比王宰相写得通俗，他不像王那样弯弯绕，直接赞扬他心中的偶像。赞扬完毕，剑指当下，那些结交权贵的政客，看看你们那些行动，"趋"，小跑还是快跑呢，真让人丢脸。呸！学学严先生吧，他的高尚节操，如松柏纯洁，如竹子清亮，即便冰天雪地，它们也傲然挺首。

变法派、保守派，个个喜欢严光，爱死他了。

大文豪苏轼，自然不会落下这样的主题写作。他的《送江公著知吉州》，专为桐庐朋友而写，为桐庐拟了极好的广告词：

> 三吴行尽千山水，犹道桐庐更清美。岂惟浊世隐狂怒，时平亦出佳公子。初冠惠文读城旦，晚入奉常陪剑履。方将华省起弹冠，忽忆钓台归洗耳。未应良木弃大匠，要使名驹试千里。奉亲官舍当有择，得郡江南差可喜。白粲连樯一万艘，红妆执乐三千指。簿书期会得余闲，亦念人生行乐耳。

江公著，治平四年的进士，桐庐人，历任洛阳尉、陈州通判、太学太常博士、庐陵太守，知吉州等，他和苏轼交情不错。老朋友，要去不算远的远方赴任，送别一下，人之常情。

您的家乡真是太美了，别的地方都比不过桐庐。这样美丽的地方，难怪严光会来隐居。现在，天下太平了，桐庐出了您这样的人才，也值得庆幸。您此去做官，职位不算小了，以后的晋升也很有希望，我希望您正居高位时，要时刻想起家乡的严光，警钟长鸣。

是抒情，是劝行，自然也忘不了写景：江上装运白米的船只，来来往往，接连不断；穿着鲜艳红衣服，在船头悠闲弹琵琶的年轻姑娘，数不胜数。公著兄，您要工作娱乐两不误呀。

哈，这老苏，劝行就劝行呗，却还要如此教人及时行乐，也许，是他的波折太多了，为官三十年，被贬十七次，几回回都到了死亡的边缘。想想严光，真是羡慕嫉妒恨！

赞吧，赞吧，严光确实让所有的文人折服。不过，从诗歌的表达方式看，李清照的这一首《夜发严滩》，显得十分特别：

> 巨舰只缘因利往，扁舟亦是为名来。
> 往来有愧先生德，特地通宵过钓台。

李清照大多数的诗，都愁愁愁、凄凄凄、惨惨惨，而这一首，却显得自省和阳刚。古往今来，朝拜严先生的人极多，无论你们坐大船坐小船，无论是商人官人，其实都是为了名利而来，这真是有愧于先生的品德，正因此，我特地夜里悄悄经过钓台，实在是不敢惊动他老人家。

南宋末的陈必敬《钓台二首》之一也表达了这样的意思，不知道他有没有借鉴李大才女的诗意：

> 公为名利隐，我为名利来。
> 羞见先生面，黄昏过钓台。

元人赵璧的《过钓台》，干脆抄了一遍陈必敬的：

> 君因卿相隐，我为名利来。
> 羞见先生面，黄昏过钓台。

想必，从早起来就在富春山耕作忙碌的严光，黄昏的时候，已经钻进茅屋去炖他的水煮鱼了，谁来谁往，不关他事。

不过，黄昏过钓台，我们不妨看作一种诗人们的对镜自省。对照严光这根精神标杆，境界高下立判，我们还有什么想不通的呢?!

六、富春山图

向严光表达敬意，有诗，有文，自然也有画。

晴空下，黄公望的背，有些佝偻，他身上的布袋中，也没多少东西，一支笔、几张纸、一个水罐、几个饭团，但他独行在富春山道上的身影是那么清晰。

黄公望，黄子久，一峰道人，当理想和现实不断冲突，且被现实碰得头破血流时，一个聪明人，一定会找一种能让他心灵得到安顿和皈依的归宿，而融儒释道三教合一的全真道，就深深吸引了黄子久。要让一个有着几十年为吏经历的他彻底转变思想，毫不犹豫地加入全真教，那是一件非常不容易的事，他必须看穿，看破。

着袍，冠巾，黄子久于是成了一峰道人。

和年轻教徒相比，一峰道人显然有着更丰富的经历，这份一般人都不具备的独特经历，让他对教宗意义的理解更加深刻，而年轻时就钟爱的绘画艺术，也得到了长足的进步。

对于黄子久入全真教的时间，也有不同说法。有人说他在给徐琰做书吏时就已经穿上道袍了，有人则说他从监狱里出来，卖卜为生，修的就是全真教。

占卜也是一种宗教活动，可以接触到各式下层民众，也有更多的机会体验最底层的世俗生活，自然也可以解决生活问题。更重要的是，这个时候，经过数十年的官场生活，虽不是官，黄子久也对当时的官场有了深刻的了解。他想经吏为官的路子，已经完全被堵死，心向往之的科考，也遥遥无期，那么，最终选择全真教，以道袍裹身，就不是权宜之计，或者仅为生计所迫，而是一种思维方式、生活态度、生活道路的选择了。在全真教的教义中，他找到了志同道合的教友，也找到了聊以自足的精神慰藉。

全真教在创立之初，摈弃物质生活，绝对禁欲，讲究苦修。蒙古人建立元朝后，统治策略是以道护国，他们急于想借道教思想来消除南宋江南文人士子的抗争情绪。于是，元廷对道教领袖赏赐不断，对道教徒也优渥有加，北方的全真教因得到朝廷的大量资助，渐渐改变了教旨的初衷，开始追求俗世中的奢华生活，也因为蒙古人对汉人的政策，江南底层的全真教徒，依然保持着教派创立之初的那种生活方式。我想，这也是黄子久修全真教的真正用意，他想用苦修，来达到另一种境界，在道中找到自由和尊严。

从这个角度看，明人李日华笔记里对黄子久的痴傻描写，就有另外一种意义了。他整日在荒山乱石中枯坐，看大海，看激流，既是对山川自然的感悟和体验，也是全真道的一种苦行修炼吧。

和黄子久一样，他的好友，同是元四大家的倪瓒，也是全真教徒，还有很多有名的文人如吴镇等都是画家。这些人的经历和人生态度各不相同，导致画风也呈现出不同的风格，但他们绘画审美，都遵行老子的"五色令人目盲"的审美思想，在单一的黑色中，偏重素雅清淡、质朴无华的风格，也就是说，全真教徒作画，极少设色，更不作青绿的山水。

我相信，子久熟读经书，《庄子》一定烂熟于心。

试拟一场景。

某天，一峰道人在荒山野岭中云游，坐下来歇息时，突然发现，身边的草丛下，有一个骷髅头。一峰随即拔去覆盖着的杂草，对着它说：只有我与你知道，你不曾有过死，也不曾有过生。你真的忧虑吗？我真的开心吗？

随后，一峰道人随手捡起一根棍子，不断敲击着骷髅头问道：你是因为贪图生存、违背常理变成这样的吗？还是因为国家败亡、惨遭杀戮变成这样的？还是因为作恶多端，惭愧自己留给父母妻子耻辱而活不下去？或者是因为挨饿受冻的灾难变成这样？或者是因为你的年寿到了限期？问完这些，一峰道人就拿起骷髅头，掸去上面的杂尘，当作枕头，呼呼大睡起来。

《庄子·至乐篇》中，庄子、列子都和骷髅交流过，今天，他也和骷髅交流，这实在不是一种巧合，而是一种暗喻。他常常在天地间悟道，他已经找到避开祸患的方法，生死早已无所谓，在他看来，开始即是结束，甚至可以说，万物既无开始也无结束，他虚己游世，见素抱朴。

我已经无数次和黄公（其实，我心里一直称他为本家陆坚公）跨时空对话，试图走进他的内心世界，但常常只能探到边缘。如此，我也已经满足，一个伟大人物的横空出世，有着极为庞杂的生长体系，宋元之际特殊的政治时空，黄公少年、成年、中年、老年不同时期的人生境遇，诸多前辈大师对他的影响，全真教徒的意志磨炼，富春山水对他的长久浸润，各种因素叠加，才成就了旷世名作《富春山图》。

如果一百个因子的聚焦，才诞生了名画，那么，严光和富春山水，应该是其中两个关键因子，缺哪一个都不行。

黄公望的心里，严光不事王侯的品格，自然能让他从中年困顿的官场中解脱出来，更重要的是严光寄情山水、修身养性的思维方式，这可以理解为，山水中的严光，基本上也是一个道教徒，虽然不是每天竹杖芒鞋，但他的行为方式和道教徒并无二致，加上，严光的岳丈梅福曾在四明山修道，道行相当深厚，严光的夫人梅李佗，后来也跟着父亲学仙去了。看轻所有，这才是黄公心中的严光形象。

黄公望中年时入全真教，从无奈到苦修，从身体到心理，不断砥砺，虚壹而静，他的眼里和心里，只有那些清丽的富春山水，才是他的真正知己，他已经成为"大痴"，那"风烟俱净，天山共色，从流漂荡，任意东西"的富春山水，"奇山异水，天下独绝"，日日看着这样的山水，自然"望峰息心""窥谷忘返"。大痴"构一堂于其间，每春秋焚香煮茗，游焉息焉"，"息"什么？自然是息名利之心了，有这样山水相伴，还有什么可念想的？一定是"不知身世在尘寰矣"。

大痴佩服安吉人吴均，点画富春山水，如此到位，而这些山水意象都变成了一根根按捺不住的线条时，《富春山图》也就呼之欲出了。

要表达山水，还是简单，技艺层面，但要在画中潜藏着让人"望峰息心"的画外之意，就难了。黄山谷说的言有尽而意无穷，是判断一个艺术家高低的极其重要标准之一。

而此时的大痴，已经七十九岁，一个接近耄耋的老人，深受严光影响的道士，世间还会有多少让他留恋的东西？也不着急，慢慢画吧，画它个三四年，不能耽误我云游，有时间就画，一切山水都在我心中，无用师呀，这幅就送你了，不过，你要当心那些巧取豪夺者啊！

《富春山图》本来画名相当明确，是乾隆皇帝附庸风雅，不懂装懂，将假画当真，题了再题，还硬加了一个居字，成了《富春山居图》。这一加不要紧，却给后人辨认带来麻烦，是富春山的居住图呢，还是富春江一带的山居图？画的景色到底是哪里？《富春山图》，一点歧义也没有，不就是严光隐居的富春山吗？全中国只此一座。

名画的身世曲折，沈周得而失，只能凭记忆画出《沈石田背临富春山图》。除沈周外，明清不少画家都摹仿背临过《富春山图》，很多仿图也都成了稀世珍品。这些名家背临的画名，基本都指向了富春山。

即便如此，我以为，争论也是无意义的，中国山水画，向来讲意境，是多种意象的集成，黄公望画的富春山水也一样，也是意，一定要找出几张有点类似的山峰图、江景图，有些可笑。有两点是肯定的，他画的一定是富春山水，他的画除了表达自己的精神诉求、人生态度外，也饱含着向隐士严光表达的崇高敬意。

中国数千年的绘画史上，众星璀璨，《富春山图》，是群星中极为耀眼的北斗。

望着黄大痴的富春山画和那些背临画，严光先生坐在富春山钓台的大石坪上，微微笑了，他不言，不语。我似乎听到了吴均在替严先生轻声低语：望峰息心，望峰息心，望峰息心！

黄昏过钓台吧，让我们去看看严光，清洗一下内心。

严光五月披裘垂钓的身影，从富春江的深处倒影荡漾开来，穿越两千年的三维空间，依然震撼着我们的灵魂。

舞　台

李渔名片

李渔（1611—1680），初名仙侣，字谪凡，后名渔，号笠翁，浙江兰溪人，明末清初小说家、戏剧家，著有《无声戏》《十二楼》等小说集，《比目鱼》《风筝误》等《笠翁十种曲》，戏剧理论及生活美学集《闲情偶寄》等，组建李家戏班，创设芥子园书铺。

一、梧桐树上的诗

幕启。

明朝天启五年（1625 年）正月，后金军队已经攻取了旅顺，努尔哈赤正准备迁都沈阳，改名盛京。大明王朝风雨飘摇，此时，江苏如皋药商李如松家的后院，粗壮的梧桐树旁，一个清瘦少年，正专心地刮着树皮，三下两下，树身上就呈现出一片白来，少年随后用小刀刻上自己写的诗，刻完诗，再用毛笔将诗描黑。少年叫李仙侣，字谪凡，名和字都寄寓着取名者的巨大希望，这也是他自八岁开始，每年都要做的一个固定动作，树皮刻上诗，这就算正式发表了，自己的诗，一种学习后的思想表达。

我们现在能读到李仙侣十五岁时的作品《续刻梧桐树》，诗是这样写的：

> 小时种梧桐，桐叶小于艾。簪头刻小诗，字瘦皮不坏。刹那三五年，桐大字亦大。桐字已如许，人大复何怪。还将感叹词，刻向前诗外。新字日相催，旧字不相待。顾此新旧痕，而为悠忽戒！

诗意几近白话，但对时光的追忆和感叹，珍惜时间，时不我待，诸多意义呼之欲出。小小少年，心中萌芽着一股特殊的情怀，那就是努力学习，出人头地，挣得功名，光宗耀祖。

明万历三十九年（1611 年）八月初七，一个炎夏的末尾，李仙侣出生在如皋一个药商家里。李如松是浙江兰溪人，他和大哥李如椿一起在如皋经营中药。李如椿有明朝太医院医生资格，是个"冠带医"，医术精湛。大哥看病，弟弟卖药，典型的坐堂医家族，因此，他们的日子过得相当殷实。

少年李仙侣，从小就显示出他的不一般：襁褓识字，总角成篇，于诗书六艺之文虽未精究其义，然皆浅涉一过。

抱在大人怀中就开始认字，八九岁就做诗，四书五经，对他来说，是必修课，李家，特别是知识分子李如椿，对这个聪明的侄儿，倾注了十二分的用心，这为李仙侣成为日后大名鼎鼎的李笠翁、李渔，打下了坚实的基础。

二、山中宰相

幕转。

2019 年 12 月 28 日上午，久雨初晴，我和李英从金华国贸大酒店出发，直奔兰溪市区的芥子园，陈兴兵兄在那等我们。

金华到兰溪，当年李渔至少要走半天时间，我们只用了半个小时，就到了兰阴山脚下的芥子园。陈兴兵是兰溪市的政协副主席，也兼着作协主席，研究和寻找李渔多年，有他陪同看李渔，我们可以很好地交流。此前，我已经寻过北京的芥子园、南京的芥子园，读完几个版本的李渔传，又重读了《闲情偶寄》。我来兰溪看芥子园，看李渔夏李村的伊山别业，只是为了一种验证。

兰溪芥子园，坐落在博物馆边上，建于二十世纪八十年代，占地十点五亩，差不多是原芥子园的三倍。进门，迎面照壁上，"才名震世"四个大字，那是 1670 年，李渔回故乡，虽不说衣锦还乡，也是带着一身大名而来，兰溪知县，送给他的赞誉之辞。园内一个不大的池塘，池水清浅，池里的荷叶已经落败，成画中的那种枯枝了。有小廊桥，有太湖石，但只是池边散落着几块，微微点缀而已，并没有山的概念。还有柳树，这个季节的柳树，和我天天在运河边看到的一样，枯黄的枝条伸进池水，无精打采地垂着头。李渔的青铜像就坐落在池边，依然清瘦，手里握着卷书，眼睛朝向远方，是的，他的视野应该在远方，那里有比兰溪广阔得多的天空。池边还有一个小戏台，这必须要有，在芥子园，戏台就是他的生命，他一直用脑子和心灵在书写，甚至用生命。芥子园深处右角还有座叫"佩兰亭"的小亭，亭中，一对爷孙安静地坐着读书，我们看亭名，看对联，讲李渔爱花的嗜好，兰应该是第一，水仙也是最爱。后面我会写到，有一年春节，他穷得没一文钱，只好用老婆的簪换了一盆水仙。

几个展厅里有李渔各个时期的生平资料图板、年谱、名家题词，陈兴兵如数家珍，我仔细听，大多是他整理撰写，有好多图片，都是他从汪洋大海中、蛛丝马迹中寻得，但没有一件李渔用过的实物。

我们在"李渔书画砚"图板前站定，图片上有一方绿端石砚，背上刻有"湖上笠翁"篆书，为民间收藏，据说是李渔之遗物。说起李渔的遗物，陈兴兵说，2011年，杭州有位钱先生以190万的高价，拍卖收藏了李渔的一方田黄印章，新闻，你们《都市快报》曾经详细报道过，这印章现在估价至少数千万了。消息很翔实地记着，它是一方绝品，上面雕刻着蟹、芦苇、峰等物，印章上有文字：二甲传胪、康熙一十有八岁己未春三月笠翁李渔作于湖上层园双荔西窗。钱先生这样解释印章上字的丰富寓意：两蟹与芦苇，蟹字通"甲"，芦苇谐音"入围"。印上刻有"二甲传胪"，谐音二甲入围，这是作者李渔希望自己的两个儿子能在童子试中顺利入围，金榜题名。

这方印章的背景是，老年李渔，带着两个儿子，李将舒、李将开，去桐庐转金华去考试，以实现他未竟的科举梦想。

从芥子园出来，我们直奔永昌街道的夏李村。

在少年李仙侣刚刚踏入青春的门槛时，他父亲李如松突然去世。而此时的青年李仙侣，刚刚娶妻生女，他必须回原籍去，他要在那里挣功名。背着一身的重负，李仙侣携妻带女，在金华和兰溪一带奔波。

崇祯八年乙亥（1635年），此时的李仙侣正值青春，但考试还必须一步步来，他先参加了金华府的童子试，一试成名。主考官浙江提学副使许豸（zhì），大赞李仙侣的文章，还将他的试卷作为范文印发：我为国家选拔出了一位优秀的五经童子，李仙侣是位奇才！然而，考秀才优秀的势头没能在乡试中继续保持，四年后，已近而立之年的李仙侣在杭州的乡试中榜落孙山。后面的数年，对李仙侣来说，简直就是人生的大考验，又考试，战火纷乱没考成，母亲去世，做幕僚，朝代更替，逃难。顺治四年（1647 年），李仙侣回到了夏李村，李仙侣成了李渔，他要忘却功名，渔隐故乡。

家乡其实不错，他这位"识字农"，在夏李，还是大有作为的。

我们看李渔坝。

此坝由李渔亲自设计和督工建造，坝长 9.7 米、宽 1.6 米、高 3 米，用红条石砌筑而成，设计精制而巧妙。巧在何处？逢旱时，流水全部从左渠绕伊山而过，大片农田得到有效灌溉；逢雨季，多余的水会从弧形溢水口奔泻而出。坝底部还设有一个六十厘米见方的排砂孔，坝内不会有泥沙积淤。

李渔坝虽小，却是保留得较为完整的古水利工程建筑，1981 年，它被列为浙江省级文物保护单位。冬季枯水，坝底的水潭特别安静，坝体砌石湿湿的，长着不明显的青苔。兴兵兄笑着说，如果是雨季，坝上的水跌落下来，势如瀑布，声也如雷鸣，李渔坝还是夏李的一大景观呢。兴兵接着说，李渔做过三年的"祠堂总理"，这就是现如今的村官呀，坝就是那时修的。李渔不仅带领村民拦溪流、筑水坝、引水源，还有计划地挖堰坑、修水渠，极大地改善了夏李村水利条件，大多数农田都能得到自流灌溉。《光绪兰溪县志》载："昔渔尝于夏李村间凿沟引水，环绕里址，至今大得其水利。"

我问兴兵：李渔做村官，就修了这些水利吗？兴兵接着我答：他做了好多事呢，我们现在就去看路边那个亭子，且停亭。

"名乎利乎道路奔波休碌碌，来者往者溪山清静且停停。"读完对联，我们走进亭内。夏李村位于交通要道上，来往行人多，而造一个供行人小憩的凉亭，在古今都是一件积德的大好事。且停亭的故事是这样的：亭造好了，出资金的财主就想着，此亭是我造，应该取我的名字。李渔知道后，就拟了这副对联，意思很明确，那些名呀利呀实在太多太让人痛苦，不如坐下来清静地休息休息吧。且停亭，不过就是一个亭子嘛，财主还能说什么呢，咱也不能太没有格调吧。

普通过路凉亭，因李渔赋予其深厚的文化内涵，遂名扬天下。且停亭和李渔的楹联，都被载入中国名亭的史册。

看完且停亭，我们直奔伊山别业。

夏李村的东北面，有一座叫伊山的小山，山不高，三十余丈，面积也不广，不足百亩。这里有矮山有清流，如此佳处，再经过李渔的精心设计，顺治五年，他心中的天堂——"伊园"落成。

现在，我们就站在伊园旁，但眼前只有一片菜地，一口不大的池塘，还有几座老坟。三百八十多年前，这里曾是李渔的仙境，不过，仙境需要我们根据他的《伊山杂咏》充分想象。

李渔《伊园十便》的序这样描述：

> 伊园主人结庐山麓，杜门扫轨，弃世若遗。有客过而问之日："子离群索居，静则静矣，其如取给未便何？"主人对曰："余受山水自然之利，享花鸟殷勤之奉，其便实多，未能悉数，子何云之左也！"客请其目，主人信口答之，不觉成韵。

哪十便？耕便，课农便，钓便，灌园便，汲便，浣濯便，樵便，防夜便，吟便，眺便。我从"十便"中挑选一些诗句，默想一下他的仙侣生活：

山田十亩傍柴关，护绿全凭水一湾。

山窗四面总玲珑，绿野青畴一望中。

飞瀑山厨止隔墙，竹梢一片引流长。

臧婢秋来总不闲，拾枝扫叶满林间。

抽桥断却黄昏路，山犬高眠古树根。

两扉无意对山开，不去寻诗诗自来。

　　有山有田有水，屋子数间，窗子外面可以看绿叶，听蛙声，墙外就是山泉飞瀑，砍几根竹子，中间剖开，打通关节，清冽的泉水就可引流到厨房，房前屋后，杂花生树，每天扫扫林子，就有烧不完的柴火。当黑夜将整个村庄四罩时，我只要将山庄小桥前的木板抽掉，一切安全，连我家的守门狗都可以在古树下高枕无忧了。清晨，当第一缕阳光照射到大地时，我在山水的怀抱中醒来，鸟声啾啾，两手轻推窗，远山入窗来，胸中的诗意也自然溢了上来。

　　陈兴兵说，原来的伊园内，还构筑了燕又堂、停舸、宛转桥、宛在亭、踏响廊、打果轩、迂径、蟾影口、来泉灶等不少建筑和景点。李渔充分运用他的文艺和建筑才智，山中宰相的日子过得有声有色。

　　看着周围推土机来来往往，兴兵兄和我说，整个伊园，正在按照原来的规划恢复中，估计要不了多久，这里就会重现三百多年前的宁静和安详。

　　差不多已经中年的李渔，在伊山做"宰相"悠哉快乐，为什么三年后又拖儿带女离开呢？

　　插一幕小活剧《活虎行》。

　　崇祯十四年（1641年），金华同知瞿萱儒，送给李渔一头壮实的小老虎。李渔专门为虎打了个围槛，像古代遣送犯人那样，将老虎关在里面，运往夏李。稀罕物来了，沿途万民争睹，半天的路程，走了三天三夜：

> 盖以途间男妇聚观如堵，皆为虎之活者从未经见，必欲一试咆哮，观之不足，复以羔羊、乳彘竞投，观其搏。予苦纠缠，然彼众我寡，势不能拒。且有截予前路，使不得行者。

不过，这活虎事件，不仅给李渔乡试失利以巨大安慰，也让他悟得一个大大的启示，那就是，做事一定要一鸣惊人，唯此，天下贵贱老幼才会知道你。于是，他借物志感，写下《活虎行》自励。

于是我们可以这么通俗地理解，科举可以使人一举成名，做其他事，只要用心，也可以一举成名，而在这夏李山中，想要一举成名，太难，那么，走出去吧，现在还不迟，他会写作，他的作品可以直面市场，他有这个自信！

三、武林门外

镜头长移，从伊山别业到杭州。

顺治七年庚寅（1650年）前后，不惑之年的李渔，低价卖掉了苦心经营的伊山别业，拖家带口，租住在杭州武林门外，开始了自由撰稿人的艰难写作生涯。

我一直在找寻李渔第一次来杭州时的住处。武林门外，是一个比较大的概念，但中心武林门，应该就是我工作单位杭州日报报业集团和武林广场这一带。它是杭州的北大门，也是杭州十大古城门中最古老的一个，隋朝就有了这个关门，五代叫北关门，南宋时称余杭门，明朝改武林门，杭州武林门码头，"武林门"三字高悬。自隋代始，武林门外就是沟通南北大运河的热闹集市，也就是说，这一带来往交通方便，又是城郊，房价便宜，对钱袋子瘪瘪的中年李渔来说，最合适不过了。报社的一些老同事，说起以前的武林门外，都说很偏僻，都是草屋，松木场一带，二十世纪七十年代，还有成片的农田。

顺治八年的元旦，这一年是辛卯年，李渔在武林门外的新家，写下了一首题为《辛卯元日》的编年诗，宣布了自己新生活的开始，情景犹如在如皋家院子里的梧桐树上刻诗一样：

> 又从今日始，追逐少年场。过岁诸逋缓，行春百事忘。易衣游舞榭，借马系垂杨。肯为贫如洗，翻然失去狂。

人口多不怕，没房子不怕，欠债多也不怕，将它们暂时都忘却吧，向朋友借来一匹马，好好去城里玩一玩，放松心情，找点灵感，写作征途路漫漫！

灯光聚焦一。

武林门外，农田边，一方清清的池塘，数间草屋就筑在塘边。周边的人们发现，最近来住的这户人家，男主人不怎么出门，常常夜深了，草屋窗子还一直映射出昏暗的油灯光。有时大白天，这位清瘦的中年人，会去运河边走走，他在柳树下痴痴地站着，看来来往往的行船，偶尔还会发出几声疲惫的咳嗽。有时，他会一个人跑到城内的剧场，泡上一壶茶，叫上两碟干果，尽情地看上一天的戏。不过，轻松看戏的日子，一定是他某个作品杀青的日子，他知道，人不能长时间绷着紧弦，体力和智力都不允许。

灯光聚焦二。

西湖边上有一个极佳的花园，叫"不系舟"，由著名知识分子陈继儒题名，取自庄子"泛不系之舟，虚而遨游者也"。花园做成像船一样，一半在水里，如船停泊在水边的样子，它的主人是徽州富商汪然明。1634 年十月，著名作家张岱，带着女演员朱楚生，住进了不系园。

十月的西湖，已是游人脚后跟相撞。行到花港观鱼，张大作家忽然碰上数位老朋友：南京曾波臣，东阳赵纯卿，金坛彭天锡，诸暨陈章侯（陈洪绶），杭州杨与民、陆九、罗三，女演员陈素芝。哎呀呀，真是太巧了，真是太好了，我们一起去不系园喝酒吧。这基本就是一个文艺沙龙啊，著名戏曲家，著名画家，著名作家，著名演员，这帮人碰在一起，似乎要将西湖的夜闹翻：

陈章侯为赵纯卿画古佛。

曾波臣替赵纯卿画像。

杨与民弹三弦子，说《金瓶梅》，使人绝倒。

罗三唱曲。

陆九吹箫。

彭天锡与罗三、杨与民，演本腔戏，妙绝。

彭天锡与朱楚生、陈素芝演调腔戏，又是妙绝。

陈章侯唱村落小歌，张岱拿琴伴奏，像小孩子呀呀学语。

赵纯卿很难为情地对着张岱拱手：兄弟我真是一点文艺细胞也没有啊，不然，我也可以为你们喝酒助兴的。张岱笑了：唐代裴将军替吴道子舞剑，以激起他的创作灵感，陈章侯不是为你画佛吗？你今日不舞剑，更待何时啊！赵纯卿于是平地跳起，取下他三十斤重的竹节鞭，像跳少数民族的舞蹈一样，很卖劲，很投入，众人大笑。

这不系园，陈继儒来过，张岱来过，张岱带着那一大群朋友来过，钱谦益来过，李渔自然也要来。

李渔来到不系园，也是中心人物，他满肚子的俏皮故事，他讲起故事来活灵活现，要编会编，要唱会唱，李渔迅速成为杭州文人圈里的知名作家。

画外音。

李渔在杭州十年，先后创作了传奇《怜香伴》《风筝误》《意中缘》《玉搔头》《奈何天》《蜃中楼》《比目鱼》，小说《无声戏》的初集和二集，还有小说《十二楼》《肉蒲团》，"笠翁十种曲"中的大部分作品，也基本上在杭州写成。他常常是先写小说，再编剧本，再印成书出版，一鱼三吃，这就有不少稿费收入了。另外，思维极其活跃的李渔，还编选出版《资治新书》《四六初征》等文集，用来结交各种朋友，获取不菲的银两。通俗地说，他这书好比是年选，我向你约稿，收入你的大作，然后将出版的书送上门，一来二去，朋友也交了，银子也挣了。史上传说的李渔"打秋风"就这么开始了。各种收入叠加，卖文足以糊口。

杭州也有头痛事。

名气越来越大，从杭州，一直到全中国，他迅速成为国内一线活跃作家，书也越来越好卖，出一本，畅销一本，自然，盗版就不可避免地出现了。而这对靠文字收入的李渔来说，是一件不能容忍的事。然而，李渔的一生写作中，维权反盗版效果一直不太明显，虽然恨得咬牙切齿却也无奈：翻刻湖上笠翁之书者，六合以内，不知凡几。我耕彼食，情何以堪，誓当决一死战，布告当事，即以是集为先声。（《闲情偶寄·制度第一·笺简》）

要不，就迁到金陵去吧，那里，有他寄寓的另一种想象。

四、寻访芥子园

几百年前，一个男人，到了知天命的年纪，显然有些高龄了，而这时候的李渔，老婆和妾有四个，两个女儿，一个儿子，还有不少仆从。他拖着一个数十口人的大家，一脚踏进陌生的金陵，勇气和底气来自哪里？那里有更大的出版市场，自然，他也相信自己的写作实力。

幕转南京秦淮河边。

虽已是深冬，今晨零下一摄氏度，但金陵的太阳还是非常明媚和温暖。

我从城市名人酒店出发，往南京城南行，半个小时后，到达秦淮河边上的老门东，这是一个古街区，里面有各种仿古的商业形态。司机和我说，从老门东那里走过去，问一下，就可以看到芥子园了。我看看导航，还可以再走一段，这一段的路名挺有意思，箍桶巷，你听听巷名，就知道这里以前的大致形态了。

巷口停下，沿着三条营往里走，一条窄道，石板路，右边是老房子，整修得比较好的深宅大院，青砖旧瓦。我问一老太，这是芥子园吗？老太说不是，这是清代富商蒋百万的宅子，芥子园在前面，你从"积善里"转弯走进就到了。

走过"积善里"，没几步，右边就是芥子园，上有门头写着"芥子园""须弥芥子"，以小见大，两旁的半圆柱上的对联为李渔自撰：孙楚楼边觞月地，孝侯台畔读书人。上联的"孙楚楼边"，是白门古迹，太白觞月于此；下联的"孝侯台"，是周处读书台，与芥子园相邻。

花15元钱购票，我进了芥子园。紧接着二进，门上也写着"芥子园"，又是一副对联：人仰笠翁如瞻北斗，园名芥子可纳须弥。显然，这是人们对李渔的尊重与评价。

我在"闲情偶寄"前拍了照，走进馆里看，没什么东西，都是资料，而这些资料，我早已熟悉，唯几册小开本的芥子园画谱，我看有些年份了，不过，也不过百来年的那种。转了一圈，内园里太湖石垒成的假山，吸引着我的目光，循假山而登高，有楼台亭阁，右边延伸出一座小山，山顶一亭，为园中最高点，站在那儿，可俯视全园。沿假山而下，有一湖，李渔坐在湖边垂钓，笠翁状，长长的钓竿，他静静地坐着，黑黑的脸上，看不出什么表情，也许，昨天晚上他为哪件小事生了气，什么书又被盗版了，哪个孩子又闹出了事。湖边就是戏台，上书"人籁天籁"，那是李渔花心思的地方，也是他最开心的地方，这里，每每会传出李家班演员们的悠然唱腔，芥子园，尽是我的天地，这小舞台，就是我的大世界。

邀请朋友们来看戏，应该是芥子园最强的王牌节目。

看一条小记录：

"忆壬子春（康熙十一年，1672 年），偕周栎园副宪、方楼冈学士、方邵村御史、何省斋太史集芥子园观剧，共羡李郎贫士，何以得此异人？"这是李渔朋友吴冠五评李渔的《后断肠诗十首》提到的一次大规模的观剧活动，看这些朋友的名头，可谓冠盖云集。

在我看来，芥子园中那些粗大的太湖石，一点也不灵动，堆砌得不灵巧，或许，造山者，根本没有研究过《闲情偶寄》，那里有他系统的建筑理论，反正，将个小小的园子，填塞得太满了。

转过戏台，过"不系舟"，哎，这个建筑实在多此一举，做得像船一样，就是"不系舟"吗？我前面写过西湖边汪富商的"不系舟"，那不是李渔的独创，按李渔的性格，写作都要"不攘他人一字"（《闲情偶寄·凡例七则》），他是不会随便抄袭别人的。

笠翁钓鱼的对面，有一个小亭，里面有一块横匾，上书"天半朱霞"，为周亮工所书。周亮工是李渔的好朋友，他们同为清初名家，一定有比较多而深的交往，但我没有读到他们交往的更多文字。

芥子园的湖水，有些混浊，荷花早已落败，没见游鱼，湖岸角落边的一丛芒草，却长得显眼。园子里有香橼，金黄的果子，挂满枝头，我知道，那些果子看着大，却不好吃，酸得掉牙。临湖的一排房子，当是李渔家人的住所了，上下楼，有好多间，以他当时的人口计算，必须有多间房子，才住得下。

管理人员说，这个芥子园有两千来平方，我觉得差不多，原来就是三亩来地，实在不大，紧凑得很。

我整个感觉，这个新建的芥子园，似乎太满了些，主要是那些笨拙的假山。我想，设计人员，不太懂李渔的心思，李笠翁营造芥子园，犹如他当年在夏李村建"伊山别业"一样，可是花了不少心血的，他不会花大钱造一个让自己喘不过气来的住所。

出芥子园，我去找"周处读书台"。李渔在《寄纪伯紫》诗前小序中说："伯紫旧居去予芥子园不数武，俱在孝侯台前"。"孝侯"，前面说了，就是西晋周处，他谥号"孝"，后又封侯，故称周孝侯。

经人指点，我往剪子巷走，那人说，不远处，就可以找到"周处读书台"。出剪子巷，前面是一段金陵的古城墙，高高的，极显眼，下面一大片停车场，右转至江宁路，一路走一路问，大哥、大姐、大伯、大妈，我至少问了七八人，没一个人说得清，看着周围景也不像，立即转回，又回到剪子巷。经人指点，再转到小心桥东街，诊所前问一医生模样，他很确定：就在前面，转两个弯就到了，不过，他加了一句，已经没有什么东西了，只有一个破门楼和一块牌子。

小心桥东街44号，前面一片建筑，全标着"拆"字。路尽头，看到了一座黄色的寺庙，门锁着，门边有一块牌子，上书：光宅寺旧址，秦淮区老虎头 44 号，南京市文物保护单位。光宅寺又名慧光寺，本为梁武帝萧衍故宅，梁天监六年（507 年），萧衍舍宅为寺。云光法师曾于寺中讲《法华经》。北宋治平二年（1065 年），移建江宁牛首山境内的花岩山之中。萧梁光宅寺旧址，与周处读书台及清代著名戏剧理论家李渔地芥子园相邻，前为赤石矶，后为白鹭洲，乃人文胜地。

转回光宅寺另一边，终于发现一个小门楼，旧迹斑斑，上书"周处读书台"，南京市人民政府，1982 年立的牌子，市级文保单位。周处，字子隐，故这里又叫子隐台。一片空地前方有一座小山样的高墩，这高墩就在萧帝寺内，相传是周处当年刻苦读书的地方，有资料说，这里实际上是周处担任吴国东观左丞时的旧宅。

一位老者和我闲聊：你没事出来走走呀？我说是的是的，我刚刚从芥子园过来，随后，我和他说了一下芥子园。他就和我一起上高墩查看，上面有几间房子，都是马上要拆的样子，没见着人。我问：您一直住这里吗？他说是 1986 年搬过来的，马上又要迁走了。站在高墩上，可以望到芥子园，李渔说和读书台相距"数武"，"武"是半步，古代六尺为步，半步为武。那个芥子园和此距离五百米（目测直线距离），算不算"数武"？可以算吧，也可以不算。

老门东街区热闹得很，游人来来往往。我想，那个芥子园，不管是不是原址，也一定在这一带，虽然过去了几百年，芥子园上空，仍然能听到历史的回声，天籁和人籁，热闹的李渔。

五、李家班

兰溪芥子园展览馆中，有一面小墙，薄薄扁扁的玻璃柜中，两件宽大的戏衣吸引了我。青衣和小生，色彩均艳丽，小生粉红，青衣嫩黄，领口都绣着极精致的花边。戏衣下方，一支笛子，一把京胡，一个两面小鼓，两根细鼓棒，还有一根马鞭，盯着看了许久，忽然，它们都动了起来，活了起来，它们是李渔家班不可或缺的道具，有了这些道具，李渔的戏剧舞台就开场了。

舞台的舞台，李渔戏剧人生的另一辉煌重头戏上场。

做一件事，如果能将自己的兴趣爱好和事情本身完美结合在一起，一举数得，那真是可以乐此不疲的。对李渔来说，戏班女子，既可以满足自己的声色之好，又是他到处游历打秋风的重要抓手，何乐而不为？

大幕启，聚焦。

康熙五年（1666 年）春天，李渔前往北京云游，他沿着大运河，一路北上，稳稳的航船，他每天都可以在路途中写作。在北京的几个月时间，他交了不少朋友，遍游京城。然后，在一些朋友的建议下，他继续往西北游去。全国著名作家李渔，这个时候的感觉是良好的，到处有人接待，走到哪里都是好吃好喝。

在山西平阳府，一朵艳丽的桃花，轻轻地落到了五十六岁的李渔头上。

平阳知府程质夫，是李渔的超级粉丝，他为李渔的到来，精心做了两件事：让当地剧团连轴排戏，这是李渔一部刚刚发表不久的戏，《凤求凰》；买了一个贫苦人家的女孩子，送给李渔，女孩姓乔，叫乔雪（乔去世后，李渔称她乔复生，希望她复生），十三岁。

一个美好的夜晚，一场盛大的宴会，在平阳府著名酒家隆重举行。主宾觥筹交错，气氛十一分热烈，不断的赞美，轮番的敬酒，大家都将酒喝到了十二分的程度。然后，程知府将打扮一新的乔姑娘送入著名才人的怀抱，欢快的锣鼓紧促响起，《凤求凰》上演，此时的李渔，满足感已经膨涨至一百分以上。他仔细看着乔姑娘，你笑起来真好看，像春天的花一样。随着剧情的不断发展，从来没有唱过戏的乔姑娘，竟能一字不落地哼唱出其中的唱段，这太让李渔惊奇了，组建家庭戏班的想法从遥远的深处一下子钻了出来，这是块唱戏的好料，以此为基础，迅速组建家庭剧团。

同样的场景，又发生在兰州。甘肃巡抚刘斗等官员，不仅仿效平阳程知府的做法，甚至更进一步，他们集资购买数位姑娘，任李大才子挑一个。李渔在兰州挑的这位姑娘姓王，叫王云（王去世后，李渔称她王再来，希望她再来），比乔姑娘小一岁。

《笠翁文集》第一卷，有《乔复生、王再来二姬合传》，李家戏班如此诞生：

> 请以若为生，而我充旦，其余角色，则有诸姊妹在。此后主人撰曲，勿使诸优浪传，秘之门内可以。时诸姬数人，亦皆勇于从事，予有不能自主之势，听其欲为而已！

也就是说，这个主意是乔姑娘首创，各个老婆热烈响应的。王姑娘是天生的小生，乔姑娘更是天生的花旦，有了两根台柱子，配角就不再是难事。

康熙七年（1668年）春节，新组建的李家班子，在彭城（今江苏徐州）李申玉家的祝寿现场，第一次小试牛刀。关于这次演出，李渔自己有文章佐证：阃君生于元旦，是日称觞，即令家姬试演新剧。（李渔《李申玉阃君寿联》）。

一次小小的首演，是李家班积聚了蓄谋已久力量的小小爆发，精心选择的剧目，俊美的扮相，地道的唱腔，所有的一切，都精心上品。不用说，首演获得巨大成功，自此，李家班子，走南闯北，在士大夫们的不断捧场下，李渔名利兼收。

灯光聚焦一：去福建。

我们可以给李渔加上一个名头，他完全符合和胜任：戏剧学院院长。李家班子经过他一年多的训练，终于越来越像样了，有著名编剧和导演领衔，小剧团一点也不亚于正规大剧团。

康熙九年（1670 年）春，李渔收到来自福州的一封邀请信，是他的朋友包璿（xuán）发来的。包此时正做着靖南王耿精忠的幕僚，耿也是李渔的粉丝，正好，请大作家来福州玩。

带着他心爱的骨干演员乔姬和王姬，李渔启程去福州，途中顺道回了趟兰溪。这似乎有荣归故里的意思，因为，在兰溪，他受到了知县的热情接待，还送了他一块匾额：才名震世，就是我在兰溪芥子园照壁上看到的那四个大字。

令李大作家意外的是，在福州，他又遇到了老朋友，就是送他王姑娘的倡议者——甘肃巡抚刘斗。此时的刘斗，已经调任福建总督，于是，福州城里，迅速掀起了李渔的旋风，人们读李渔，说李渔，看李家班子，李大作家一时成了福州官员和百姓的新鲜谈资。

《李渔传》的作者徐保卫先生，根据李渔编选《资政新书》收录的作者姓名推测，福建参议王道新、按察副使叶灼棠、建南道台徐元瑛、建宁同知喻之长等，这些福建大佬，应该会参与对李大作家的接待，自然，还有这批人的手下、手下的手下，李家班刮起的旋风，一定会吹进更深的巷子中。这一年的八月七日，李大作家甚至在福州过了六十岁的生日。

灯光聚焦二：扬州遇蒲松龄。

《蒲松龄年鉴》中，有这样一段记载："春，蒲松龄邀李渔赴宝应演戏祝寿。时李渔在扬州，蒲松龄在宝应知县孙蕙幕中，邀李渔家班女戏为孙蕙献艺祝寿。蒲松龄并手录李渔词《南乡子·寄书》相赠。"

这个"春",是康熙十年（1671年）初春,江苏宝应（今扬州市宝应县）知县孙蕙（树百）四十岁生日,孙知县仰慕李渔,知道李家班子的名气,南京与扬州不远,他就想趁机邀请李家班子来宝应。这样的演出没有什么可称道的,但秀才蒲松龄,此时正科考失利做着孙知县的幕僚呢,这就给两个著名作家扯上了关系。孙知县为了显示对著名作家的尊敬,他派青年蒲松龄去给李渔送邀请书,而此时的蒲松龄和李渔,很有点像杜甫和李白,一个没什么名气,一个已经出名。青年蒲松龄对老年李渔,自然崇拜,在送达邀请书,说明来意之时,青年蒲松龄还特意抄录了老年李渔的一首诗,以表示恭敬。

两位名家的会面,对蒲松龄来说,永生难忘,这种兴奋感一直持续到他的晚年。与此同时,李氏家班的精彩演出令蒲松龄大开眼界,他的七言古诗《孙树百先生寿日观梨园歌舞》,尽情渲染李家班演出的盛况:

帘幕深开灯辉煌,氍毹（qú shū）唏铺尽锦堂。氤氲兰雾吹浓香,热云迷蒙凝天光。旱雷聒耳杂鸣铛,环佩一簇捧红妆。藕粉摇曳锦绣裳,黄鹅跌舞带柔长。长笛短笛割寒苍,紫楼玉凤声飞扬。芙蓉十骑踏花行,鬓多娇容立象床。参差银盘赋烛黄,琅玕酒色春茫茫。轻裾小袖奉霞筋,愿君遐龄齐山冈!

诗意浓厚,有演出的场景布置:帘幕厚挂,灯光璀璨,大厅间舞台上,尽铺华丽地毯,象牙雕饰的床。夜晚的灯光下,兰香阵阵,烟云弥漫;有演员的描写:在气和光混合动荡中,开场的锣鼓响彻天空,一白肤红衣女子,拖着悠扬的唱腔,似乎从天际而来;还有演出器乐的完美配合:长笛和短笛,清脆婉转透亮,使春日夜晚的天空都分外明亮。当然,还有今晚的主题,如此精美的演出,是为了一个寿诞,必须要祝愿，恭敬地捧上一杯美酒，敬祝生日的主人寿比南山！

写鬼怪故事的青年蒲松龄，诗说不上优秀，但很切合场景，领导高兴，大作家高兴，李家班子的那些演员也高兴。

灯光聚焦三：苏州百花巷。

从扬州往南，这一年的端午节前后，苏州百花巷，一批苏州名流来到了李渔的寓居地看李家班演出，他们是尤侗、余怀、宋澹仙等。这些人都大名鼎鼎，我读过余怀的笔记《板桥杂记》，书中好多章节写秦淮两岸的名妓，论书的文学成就，他要比李渔的传奇逊色不少，但余怀他们都是富家子弟，家里都养着戏班。而且，余怀曾经看过李家班子的演出，大为赞赏，正是他们请余怀出面代邀请，李家班才来到苏州，因此，李渔此次苏州之行，可以看作是各方交流技艺，汇报演出。

李渔在苏州期间，至少搞了三次家庭演出，他的《端阳前五日，尤展成、余澹心、宋澹仙诸子集姑苏寓中，观小鬟演剧，澹心首倡八绝，依韵和之》七绝数首，描写了诸友来寓所观看经他改编的《明珠记·煎茶》等剧戏的盛况。余怀也以《李笠翁招饮，出家姬演新剧，即席分赋》诗赞之：红红好好又真真，不数思王赋洛神。锦瑟玉笙供奉曲，果然燕赵有佳人。尤侗也自述：金陵李笠翁至苏，携女乐一部，声色双丽，招予寓斋顾曲相乐也。余与余澹心赋诗赠之，以当缠头。

自康熙七年首演开始，至康熙十二年，李渔率家班遍游各地：

> 予数年以来，游燕，适楚，之秦，之晋，之闽，泛江之左右，浙之东西，诸姬悉为从者，未尝一日去身。（李渔《乔复生、王再来二姬合传》）

是戏，总要收场，1672年夏，乔姬因病死于武汉的演出途中，第二年，王姬又因病死于北京的演出途中。两根台柱子倒了，李家班子也名存实亡，李渔也一下子进入了垂暮之年，不是说年纪，而是说精神，两根台柱，不仅是好演员，更是贴心小棉袄。乔王二姬之死，李渔的脑子一下子转不过弯来，他甚至向上帝讨要说法：天哪，您给我美人，为什么又要残忍地夺去?!

不过，李渔的人生舞台，并没有就此暗淡下来，相反，他名震天下的笔记《闲情偶寄》，在中国古代的戏剧、美学、建筑、饮食等理论上发出了更灿烂的光芒。

六、闲情如何偶寄

幕之转幕。

空净而苍茫的大地，李渔闲情偶寄。闲情如何偶寄？闲情这样偶寄。

细读《闲情偶寄》，花了整整两个月时间，此次重读，有一种走进李渔生命生活历程之收获。

总起来说，这是一部来自生活和经验的闲散之书，所涉词曲、演习、声容、居室、器玩、饮馔、种植、颐养等诸多方面，显示出作者无限的情趣和广博的才智，言人之所未言，发人之所未发。

闲情其实不闲，闲情中见独特性情，显卓著见识。

看李渔如何偶寄他的闲情。

写作乃其生命中最重要之事，这位自学成才的著名作家，从自身的写作实践中，总结出简明而实用的理论，系统而周全。如词曲部，将结构、词采、音律、宾白、科诨、格局六大门类，一一细列，即便现今，指导性操作性都极强。

看结构第一：戒讽刺，立主脑、脱窠臼、密针线、减头绪、戒荒唐、审虚实。为什么要将结构放第一？袖手于前，始能疾书于后，有奇事，方有奇文。也就是说，结构想好了，整部传奇也就有了坚实的基础，而结构中之主脑，重中之重：一人一事，即传奇之主脑，一部《琵琶记》，止为蔡伯喈一人，而蔡一人又止为"重婚牛府"一事，其余枝节皆从此一事而生，二亲之遭凶，五娘之尽孝，拐儿之骗财匿书，张大公之疏财仗义，皆由于此，故"重婚牛府"四字，即《琵琶记》之主脑也。李渔深得要义，这也是他作品一出来即大受欢迎之秘诀。

再看词采第二的四原则：贵显浅、重机趣、戒浮泛、忌填塞。他特别强调了戏曲的通俗性问题，要"无一毫书本气"，其中"贵浅显"又是纲领式的。传奇不比文章，文章做与读书人看，故不怪其深；戏文做与读书人看与不读书人同看，又与不读书之妇人小儿同看，故贵浅不贵深。李渔真是深悟传奇写作真经，没有通俗化，就不会有广阔的市场。他从杭州武林门外起步，一开始就和别的作家不一样，起点极高，"十部传奇九相思"，男女风情，以科诨（喜剧）的方式，一下子就打开了市场："每成一剧，才落毫端，即为坊人攫去。下半犹未脱稿，上半业已灾梨；非止灾梨，彼伶工之捷足者，又复灾其肺肠，灾其唇舌，遂使一成不改，终为痼疾难医"，他的作品太好卖了，本来改改会更好的。在很大程度上，李渔的创作是为了谋生，他要养家，数十口人都等着他的稿费生活呢，而居杭后期和居金陵期间，他的大部分精力都放在了出版和演出交游上。因此，有专家评论，李渔一生写了几十种小说和戏曲，除了《比目鱼》《风筝误》等少数几种，其他的立意都不高，他的快速高产和成为厚重的经典是相矛盾的，但似乎情有可原。不过，我依然极为赞同李渔的为文浅显原则：能于浅处见才，方是文章高手。

李家班的戏剧实践，使李渔有借戏班子打秋风之嫌，说实话，这也是为了实现他的戏剧梦想，因此，演习部和声容部，基本上都是围绕演出的实战展开，有了好的本子，将它更好地演绎出来，套路一点也不亚于写作。

李家班的演员如此优秀，那么，教她们的老师，就是一流的高手，确实如此。

看"变调"里的"变旧成新"：演新剧如看时文，妙在闻所未闻、见所未见；演旧剧如看古董，妙在身生后世、眼对前朝。——若天假笠翁以年，授以黄金一斗，使得自买歌童，自编词曲，口授而身导之，则戏场关目，日日更新，毡上诙谐，时时变相。

显然，李家班的种子早已埋在李渔的心里，一旦机遇出现，李笠翁就会紧紧抓住。他相信他有这个能力，他是天生的"曲中之老奴，歌中之黠婢"，只要给他时间、给他钱！

一艘缓缓移动的行船上，濮存昕深情地对徐帆说：来，雪儿，我给你画个眉吧，我给你画个蛾眉。屈原就是蛾眉，楚怀王喜欢他，才招致了许多人的嫉妒。

这是北京人艺 2000 年五幕话剧《风月无边》中的场景，林兆华导演。我一幕幕细看，濮存昕演李渔，徐帆演雪儿，雪儿要和李家班出去的霁儿比赛，她们同演《比目鱼》里的女主角刘藐姑。这场比赛如此重要，还因为有两个重要客人来观看，一个和尚，一个就是大名鼎鼎的蒲松龄。剧的结尾，雪儿殉情跳江，雪儿走了，蒲松龄说，她去了他的《聊斋》。蒲松龄小李渔差不多二十岁，而《聊斋志异》正式面世，李渔已经去世，显然，编剧是为了加强悲剧的效果。

我在《闲情偶寄》声容部"选姿第一"中的"眉眼"中，看到了李渔的眼光：面为一身之主，目又为一面之主。——目细而长者，秉性必柔；目粗而大者，居心必悍；目善动而黑白分明者，必多聪慧；目常定而白多黑少或白少黑多者，必近愚蒙。哈，他差不多就是个相面先生，不过，濮存昕看着徐帆那"善动而黑白分明"之目，还想再美化一下，他要让她更美，以使他剧中的人物完美呈现。

李渔的闲情，自居室部开始，越来越轻松自由，一直到淋漓尽致。

李渔经常对人这样感叹：我生平有两大绝技，自不能用，而人亦不能用之，这实在太可惜了。人问哪两大绝技呢？一是辨审音乐，一是置造园亭。

后一个其实不是李渔吹牛。自兰溪夏李村的"伊山别业"始，又到金陵的"芥子园"，再到晚年又搬回杭州造的"层园"，他已经在中国古代建筑园林业中赢得了设计师的名声。而且，他还真为别人设计别墅，从房舍，到窗栏、墙壁、联匾、山石，皆有他自己独到的见解，匾额中的"蕉叶联""此君联（竹子）"，碑文额、手卷额、册页额、虚白匾、石光匾、秋叶匾，均就地取材，实用新奇。

《李渔年谱》记载：康熙十二年（1673年）十一月，六十三岁的李渔游燕，"再入都门，为贾胶侯设计半亩园"。贾胶侯，就是时任兵部尚书的贾汉复，因官职而被人称贾中丞。李渔在京时，为贾中丞府上幕客。

半亩园坐落在北京东城弓弦胡同（今黄米胡同），现仅存遗迹。半亩园不是半亩大，而是取意自朱熹《半亩方塘》诗，据记载，园内垒石成山，引水为沼，平台曲室，有幽有旷；结构曲折、陈设古雅，富丽而不失书卷气，所叠假山被誉为京城之冠。

李渔一生三次进京，第一次是为了建芥子园筹款，他暂住在八大胡同的韩家胡同一带。己亥十月一个冬日，我去韩家胡同寻"芥子园"，七问八问之后，到了韩家胡同25号。牌子上有胡同历史介绍，其中有这样一段：清康熙初年，李渔寓居于此，建"芥子园"，该园仿南京芥子园所造，此后改为"广州会馆"。建国后曾为北京九十五中学，现为北京宣武区中小学卫生保健所。因是周末，铁门锁着，实在看不出什么。

李渔在北京到底有没有建过"芥子园"，我查不到资料，以他当时的经济状况，建的可能性极小。清代刘廷玑的笔记《在园杂志》，我读到了这么一段："但所至，携红牙一部，尽选秦女、吴娃，未免放诞风流。昔寓京师，颜其旅馆之额曰'贱者居'，有好事者戏颜其对门曰'良者居'。盖笠翁所题本自谦，而谑者则讥所携也。"那些好事者，显然看不惯李渔，要想尽办法侮辱他一下，事实上，李渔这次来京，只是设计了"半亩园"，并没有带家班。

我读《闲情偶寄》，读到了一个活色生香的李渔，可爱又可怜。这是一个多么会生活的人呀，但因为钱一直不宽裕，他只能苦中作乐。

器玩部中，他独创"暖椅"和"凉杌"，以抵挡武林门外的寒冷和炎暑。"暖椅"这样造：椅桌相连，椅桌均设两层，外用挡板镶闭，内用栅栏透气，脚栅之下安装抽屉，从早上到晚上，只用四块小炭即可一天保温，费用却低廉。

饮馔部中，强调蔬菜等清虚之物，他极力推荐西北途中遇到的"头发菜"，认为是戈壁之珍；他对白下（南京）之水芹、京师之黄芽菜（保定徐水大白菜）情有独钟，认为"食之可忘肉味"；他也淡泊，坚持"止食一物，乃长生久视之道"；他对"汤"心存万分感激，"予以一赤贫之士，而养半百口之家，有饥时而无馑日者，遵是道也"。总起来说，他不喜欢喝酒，喜欢吃果喝茶。

种植部中，讲到的花草种类繁多，"予播迁四方，所止之地，惟荔枝、龙眼、佛手诸卉，为吴越诸邦不产者，未经种植，其余一切花果竹木，无一不经葺理"。（插一下：佛手，李渔那个时候还没有，现在却是金华的特产了。我年年都会收到金华朋友寄来的佛手，清香久远，沁人心脾，闻之令人顿时安静）。在他眼里，花草亦如人，也是有生命的，而且，他还从花草中悟出许多养生处世的方法。

弄花一年，看花十日，花之一日，犹人之百年，养花需要心境，也是一种积极的人生态度。

那紫薇树，竟能知痛痒，紫薇知痛，其他的树草不知道吗？肯定也知道，草木之受诛锄，犹禽兽之被宰杀，其苦其痛，实在是说不出罢了。睹萱草则能忘其忧，睹木槿则能知戒。芥子园大不及三亩，而屋居其一，石居其一，还有四五株大的石榴树。石榴多却不嫌多，为什么我要在窄窄的地方种上这么多石榴？石榴性喜压，籽越多越好；石榴性喜日，我们可以在石榴树下乘凉；石榴又性喜高而直上，它们长在屋子旁，就是屋子的守护神呀。

李渔说他有四命，各司一时：春以水仙、兰花为命，夏以莲为命，秋以秋海棠为命，冬以蜡梅为命。无此四花，以无命也；一季缺予一花，是夺予一季之命也。接下来的一件事，让众位看官深深体验了李渔的性命之说。丙午之春，正是水仙花开的时候，家里拿不出一文钱，家人（不知道哪一位胆大的老婆）劝道：今年的水仙就算了吧，一年不看水仙，没什么要紧的。李渔怒而答：你想夺我的命吗？！我宁可减一年寿命，也要买一盆水仙！我从别的地方冒着大雪回金陵，就是为了看水仙！最终，家人没能阻止李渔买水仙，不知哪位老婆的头簪和耳环被他拿去当了。

李渔的花事还可以说很多，但有一件事，合欢树种植的方法，却被人捏了把柄，传为笑话：

> 灌勿太肥，常以男女同浴之水，隔一宿而浇其根，则花之芳妍，较常加倍。此予既验之法，以无心偶试而得之。如其不信，请同觅二本，一植庭外，一植闺中，一浇肥水，一浇浴汤，验其孰盛孰衰，即知予言谬不谬矣。

我打电话问我弟毛夏云，他大学学果树。他笑着说，这是对树名的误解罢了，合欢树是一种很普通的树种，树名好听，萧山新街这边就有合欢树大道。如果李渔真的用夫妻洗澡水去浇，而且他家的合欢树也长得好，这也只是一种巧合，洗澡水中有肥料，但没有必然关系。

康熙七年（1668年）暮春，李渔建完南京芥子园，却没有钱装修和美化花园了。于是，他南下广州，借着编《资治新书》第二集的由头，去拜访平南王尚可喜、广东巡抚周有德，实际上是想打秋风再筹点银子。就是这一次南下途中，他开始了《闲情偶寄》的写作。

江水平缓，窄小的船舱里，李渔的文思如滔滔江水。他要写下这些年来的真实经历和体验，对写作，对生活，对表演，对美学，他实在有太多的东西想写，这些文字似乎都浸着他的血，一个个跳将出来，活灵活现了。

《闲情偶寄》的结尾，显现出李渔的极大自信：总之，此一书者，事所应有，不得不有；言所当无，不敢不无。"绝无仅有"之号，则不敢居；"虽有若无"之名，亦不任受。殆亦可存而不必尽废者也。

对于用生命和激情凝结成的文字，李渔有这个自信，他的《闲情偶寄》会久传天下。

七、杭州层园

康熙元年（1662年），52岁的李渔离开杭州去金陵。十五年后，66岁的李渔，卖掉"芥子园"又回到杭州，在云居山一带，建了新居，因房屋坐落在山坡上，阶梯而进，故他将别墅命名为"层园"。

为什么又搬回杭州？原因多方，身体一天天老起来，思乡情绪越来越浓，儿子们也要回原籍考试，经济状况也不是太好，虽然杭州不是他的出生地，但是他辉煌的起点，是浙江的中心。

幕转兰溪芥子园。

李渔像的右首，陈兴兵特意选了李渔的《多丽·过子陵钓台》词作主要展板。兴兵说，此词可以看作李渔一生的总结与反省，也可以看作他的内心独白。

李渔自五十岁得一子后，后面的几个儿子接踵而来，共有七子，实存五子。他的儿子们要去金华考试，水路必须经过桐庐。上面的词，就是李渔陪着儿子将舒、将开去考试途中，拜谒严子陵所写：

> 过严陵，钓台咫尺难登。为舟师，计程遥发，不容先辈留行。仰高山，形容自愧；俯流水，面目堪憎。同执纶竿，共披蓑笠，君名何重我何轻！不自量，将身高比，才识敬先生。相去远：君辞厚禄，我钓虚名。
>
> 再批评，一生友道，高卑已隔千层。君全交，未攀衮冕；我累友，不恕簪缨。终日抽风，只愁戴月，司天谁奏客为星？羡尔足加帝腹，太史受虚惊。知他日，再过此地，有目羞瞠。

关于富春江，关于严子陵，我写过不少文字。在严光面前，许多人都会发出同样的感叹，李渔的感叹，李清照也发过，她不敢面对严先生，只能选择"黄昏过钓台"。和严先生相比，整个人都觉得不好了，我好名好利，面目实在可憎。但是，我没有办法呀，一家老小五十几口人跟着我，您让我怎么办？我难呀，太难了，我只有拼命地写，并厚着脸皮"终日抽风"。您是钓翁，我是笠翁，您高高在上，我低低在下，虽都是翁，我却是苦命翁、劳碌翁，我怎敢面对您这位将臭脚搁在皇帝肚皮上的世外高人呢?! 下次我如果再经过您钓台这里，我依然会羞得无地自容。

李渔说完了吗? 如果仅此表达，我们还是太小看李渔了，读书读皮，读诗读意，李渔为什么觉得咫尺钓台却难登上呢? 他的深意在词意里藏着: 严光那样的人，清高得虚伪，是圣人，是仙人，难怪朱元璋们不喜欢，而他李渔，是实实在在的普通人，要吃要喝，求人，要养家，天下应该是由普通人撑起来的! 您在天地间逍遥，我也在人间自由!

幕再转杭州层园。

杭州层园，依山临湖，却再也难让李渔回到那舒适的时光里了。最后两年的李渔，拖着病体，依然顽强地编书、出版、写作，《芥子园画谱》的序言，就是这个时候完成的。

康熙十九年（1680 年）一月十三日，三九严寒季节的杭州城，层园的斜坡上，李渔种下的梅花还没有长盛，寒冷就将七十岁李渔的病体冰冷地带走了。李渔的好朋友、钱塘知县梁允植来到层园，为李渔主持了葬仪，还在杭州郊外方家峪九曜山代购了一块墓地，并题"湖上笠翁之墓"碑。

关于李渔的埋骨地，清人梁绍壬的笔记《两般秋雨盦随笔》卷七有"李笠翁墓"这样记载:

> 笠翁晚年卜筑于杭州云居山东麓，缘山构屋，名曰"层园"。卒葬方家峪九曜山之阳，钱唐令梁允植题其碣曰:"湖上笠翁之墓"。日久就圮。仁和赵宽夫（坦）命守冢人沈德昭修筑之，复树故碣，且俾为券藏于家，可谓风雅好事者矣。

李渔的粉丝还是不少，赵宽夫不仅修了李渔的墓，还将梁知县的碑字拓印保存了起来。

兰溪的李彩标先生，退休前一直在兰溪图书馆工作，他是李渔的第11代裔孙，研究李渔多年，2011年还出版了《走近李渔》一书。

李彩标向我提供了一篇题目叫《李笠翁的故居和坟墓》的文章线索，我在我们报纸的系统内找到了。此文作者陈吟泉，发表于1957年6月15日的《杭州日报》第3版，现摘录部分如下：

> 我为好奇心所驱使，到方家峪九曜山寻找李渔的墓、碣。方家峪是在南屏、九曜、玉皇诸山环抱之中的一片平原，前面靠近西湖，就是现在西湖小学、海军疗养院进内直到莲花峰石料厂，据志书上说，昔为焚厝之场，目前到处还可以看到大大小小的"土馒头"，有的地段早已变作稻田、菜园与住宅了。在石料厂内食堂边的石砌水池中，我发现了一块青石墓碑。下截埋在土里，高120公分许，阔14公分，厚11公分，上边两角呈圆形，中刻大字"清故笠翁李公之墓"，右题小字两行，还可以辨认出"公讳渔，行九，海内知名士也。"以及"梁公建碑"，"因重刊石以记"等等字迹。左边题款"乾隆丙戌年寒食日兰溪侄孙春芳同再侄孙泰生敬立"字样。

李彩标特意说明，陈吟泉先生当年找的那块碑，其实不是原碑，应该是李渔去世八十多年后，李渔的族人李春芳、李泰生等人寻找到李渔墓后重立的碑。至于李渔墓到底在哪儿，已经无从查考，但一定在九曜山这一带。

八、尾声

兰溪夏李村，李渔祖居内的图板上，李渔小广场边的石雕上，依次写着李渔的多个头衔：思想家、戏剧家、戏剧理论家、小说家、史学家、诗人、词人、书画家、园林建筑设计师、出版家、美食家、旅行家等，数一数，多达 24 个以上。

李渔的舞台，戏如人生，人生也如戏。

舞台中央，灯光慢慢暗淡下来，李渔瘦高的影子越来越细长，《比目鱼》《风筝误》《闲情偶寄》等笠翁作品，泛着闪亮的星光。

大幕徐徐收起，幕外，乔王二姬优美的唱腔轻悠而远扬。